용을 삼킨

검

9

사도연 신무협 장편소설

ORIENTAL FANTASY STORY & ADVENTURE

dream
books
드림북스

용을 삼킨 검 9 각성(覺醒)

초판 1쇄 인쇄 / 2015년 8월 6일
초판 1쇄 발행 / 2015년 8월 13일

지은이 / 사도연

발행인 / 오영배
책임편집 / 편집부
펴낸 곳 / (주)삼양출판사 · 드림북스

주소 / 서울시 강북구 도봉로 173
대표 전화 / 02-980-2112 팩스 / 02-983-0660
편집부 전화 / 02-980-2116 팩스 / 02-983-8201
블로그 / blog.naver.com/dreambookss

등록번호 / 제9-00046호
등록일자 / 1999년 3월 11일

ⓒ 사도연, 2015

값 8,000원

ISBN 979-11-313-0256-9 (04810) / 979-11-313-0111-1 (세트)

* 이 도서의 국립중앙도서관 출판시도서목록(CIP)은 서지정보유통지원시스템홈페이지(http://seoji.nl.go.kr)와
  국가자료공동목록시스템(http://www.nl.go.kr/kolisnet)에서 이용하실 수 있습니다. (CIP제어번호: 2015021253)

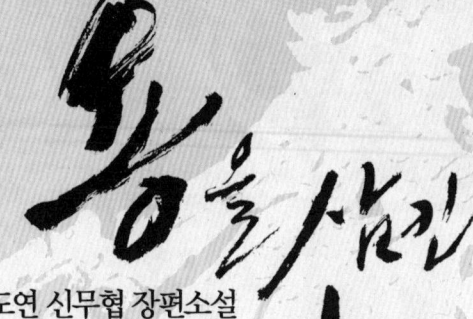

사도연 신무협 장편소설

ORIENTAL FANTASY STORY & ADVENTURE

각성(覺醒)

dream
books
드림북스

목차

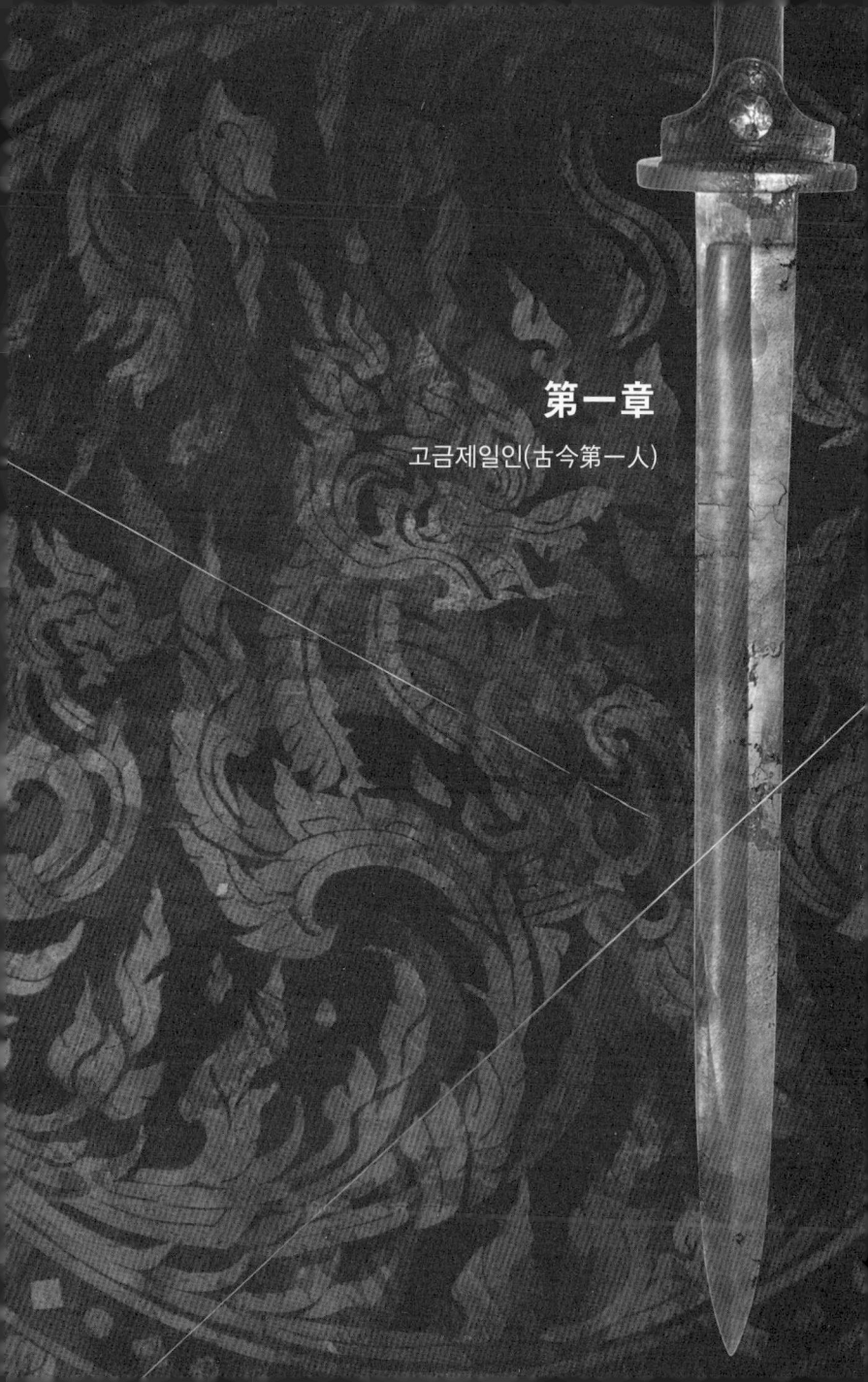

第一章

고금제일인(古今第一人)

무성은 속이 타들어 갔다.

'대체 무슨 일이 벌어진 거지?'

자신을 둘러싼 이들의 분노 어린 눈길에 잔뜩 긴장했다.

손은 자꾸만 주먹을 쥐었다 폈다를 반복한다. 등골을 따라 식은땀이 흘렀다.

갑작스레 자결한 영호휘에서부터 난입을 시도한 천룡위군까지.

특히 문인산이 죽었다는 소식은 그의 머릿속을 새하얗게 만들어 버렸다.

무언가가 있었다.

자신의 목을 옥죄려는 마수(魔手)가.

'돌아가야 해. 궁으로. 분명 무슨 일이 벌어지고 있어.'

무성은 이를 악물었다.

"위 군주."

"닥쳐라. 네놈의 목소리 따위 듣고 싶지 않으니."

"이건 함정이오."

"닥치라고 하지 않느냐!"

쿵!

위불성은 강하게 땅을 굴렸다. 우르르 지반이 흔들린다.

핏대가 잔뜩 선 그의 분노는 어느 때보다 컸다.

무성은 잠시 고민했다.

이대로 뚫고 갈까? 아니면 설득을?

하지만 설득을 하려면 저들이 갖고 있는 오해를 풀어야 한다.

그렇다면 대체 그 오해란 무엇이란 말인가?

무성은 답답한 마음에 소리쳤다.

"왜 이리도 사람을 못 믿어 주시는 것이오? 지금 궁에 무슨 변란이 벌어지고 있을지도 모른단 말이외다!"

*　　　*　　　*

백율은 가만히 이유명을 보았다.

그가 살면서 세 번째로 받아들였던 제자.

그런 제자가 스승을 해하기 위해 이빨을 들이댄다.

"못난 녀석 같으니라고."

많은 의미를 내포한 물음이다.

이유명은 씩 웃었다.

"오랫동안 찾아 헤맸습니다. 사부님을 거꾸러트릴 수 있는
방법을. 하지만 아무리 찾아도 방법이 없더군요. 사부님이란
존재는 너무 먼 곳에 있었습니다. 이 시대에 사부님을 당해 낼
방법이 없으니 어쩔 수 없이 방향을 달리해야 했습니다."

이 시대엔 방법이 없다.

그렇다면 다른 방법을 찾으면 된다.

"과거를 되짚은 것이냐?"

"예. 그러더니 바로 답이 도출되더군요. 이렇게 너무 쉽게 해
답지를 얻어도 되나 싶을 정도로 크게 놀랐습니다. 세상에, 천
하의 무신을 당해 낼 존재가 있을 줄이야! 그것도 수백 년, 아
니, 어쩌면 천 년도 더 훨씬 전의 사람일지도 모르는 존재가 말
입니다!"

짝!

이유명은 감격에 젖은 얼굴로 박수를 쳤다.

"더 웃긴 건 뭔지 아십니까? 그 존재가 바로 사부님을 제자

인 저보다 더 잘 알고 있었다는 점입니다. 어떻게 이럴 수가 있는 건지. 정말 이 제자, 근 몇 년 동안 여러모로 사부님께 더 놀라고 말았습니다. 제가 모르는 사부님의 여러 모습과 과거를 알게 되었으니까요."

담담해하던 백율의 한쪽 눈썹이 꿈틀거렸다.

무신의 과거.

백율이 한평생 살아오면서 어떻게든 숨기고자 했던 나날들이 떠오른다. 홍운재에도 말하지 않았던 과거를 제자는 알게 되었다.

"듣고 나니 어떻더냐?"

"어떻긴요."

이유명은 한쪽 입술 끝을 비틀었다.

"조금 놀라기만 했을 뿐. 그게 끝이지요. 어차피 사부님의 추악한 이면 따위 달라지지 않으리란 걸 제가 잘 알고 있지 않습니까?"

이유명의 눈이 광채를 뿌렸다.

"그렇지 않습니까! 사부이자 원수이시며……."

광채는 광기로 변질된다.

"친부이기도 한 무신이시여!"

"……."

원한이 쏟아진다. 분노가 들끓는다.

백율은 한참 후에야 입을 열었다.

"……그건 사고였다."

"예. 사고였지요."

"난 정말로 모르는 일이었다."

"예. 모르셨지요. 하지만 이를 어쩌나? 모른다고 잡아떼는 것으로 모든 일이 쉽게 풀린다면 이 세상은 벌써 분쟁 없는 평화로운 세상이 되었을 테지요?"

백율은 두 눈을 질끈 감았다.

이 아이에게 무슨 말을 더 할 수 있으랴.

제자이자 아들인 이 아이에게. 아버지가 싫다며 죽은 어머니의 성씨를 이어받은 이 아이에게.

백율은 한평생 네 명의 제자를 받아들였다.

첫째는 자신과 닮았기 때문에. 둘째는 권력의 구도를 위해서. 넷째는 친우의 부탁 때문에.

그리고…… 세 번째는 혈연 때문에.

젊은 시절. 무신행을 벌이며 천하를 떠돌아다닐 때. 우연히 한 여자를 만났다.

미녀는 아니었다. 도리어 꾸밀 줄 몰라 촌스럽고, 험한 밭일을 너무 많이 해서 피부는 거칠었으며 손에 굳은살이 많은 그런 촌구석 아낙네였다.

하지만 백율은 그런 여인에게 반했다.

목이 말라 물을 달라는 자신의 간청에 우물에서 물을 길어 조심스레 건네던 손길. 너무 다급하게 마시면 목이 멘다며 천천히 마시라고 풀잎을 띄우던 귀엽고 착한 성정에 반하고 말았다.

그날, 주변에 수많은 미녀들을 두고 언제든지 취할 수 있음에도 불구하고 관심조차 주지 않던 백율은 자신을 이(李)씨라고 밝힌 아낙네와 깊은 사랑에 빠지고 말았다.

하지만 당시 야별성과의 전쟁이 너무 치열한 나머지 어쩔 수 없이 길을 떠나야만 했다.

그리고 약속했다.

머지않아 돌아오겠노라고.

하지만 약속은 지켜지지 못했다.

"어머니는 오랫동안 당신만을 기다렸습니다."

더 이상 '사부'라고 하지 않는다. '당신'이라 지목한다.

"일 년, 이 년…… 십 년. 그 긴 세월 동안. 외간 남자의 씨를 가졌다며 마을 사람들로부터 화냥년 소리를 듣는 와중에도 당신만을 그리던 분이셨습니다. 그런 분을 옆에서 지켜보던 제 속은 얼마나 타들어 갔는지 아시기나 하십니까?"

"……."

"모르시겠지요. 예. 알면 당신이 그렇게 행동하지는 못했을 테니 말입니다."

백율은 하고 싶은 말이 많았다.

돌아가고 싶었노라고. 평생 살면서 처음으로 마음을 준 여인이다. 지긋지긋한 피비린내와 땀내를 잊고 따스한 품에서 잠들고 싶었노라고.

하지만 야별성의 마수는 어디로 튈지 몰랐다.

결국 백율은 끝까지 여인의 존재를 숨겨야만 했다.

그러나 세상사 일은 뜻대로 풀리지 않는 법.

대라종의 원한을 갚으려는 야별성의 집착은 그가 생각했던 것보다 훨씬 컸다.

그들은 백율의 씨앗과 흔적을 발견하고 그 마을을 지워 버렸다.

야별성은 이유명에게도 원수인 셈이다.

"하지만 그들은……!"

"착각하지 마십시오. 이들은 제게 원수가 아닙니다. 도리어 은인이지요. 이미 당시에 어머니는 몸이 편찮으셔서 언제 돌아가실지 모르는 상황이었습니다. 하지만 이들은 어머니를 편안하게 만들어 주셨지요. 그리고…… 그 가증스러운 마을에 단죄를 내려 주었습니다. 저를 대신해서."

말을 계속 잇는다.

"물론 어떻게 알았는지는 몰라도 당신이 후에 찾아와 절 구해 주긴 하셨습니다만. 글쎄요? 그때는 감사하단 마음보다,

드디어 말로만 듣던 아버지를 만났다는 기쁨보다 그런 생각이
먼저 들더군요."

송곳니가 반짝거린다.

"이자를 어떻게 죽일까?"

"……!"

"하지만 당신은 위대한 무신. 반면에 저는 한낱 촌락의 무
지렁이. 어찌 당신을 해할 수 있겠습니까? 그래서 최대한 몸을
숙여야 했습니다. 다행히 당신은 저를 제자로 들이시더군요.
거기서도 당신의 가증스러운 가식을 보았습니다만."

"어쩔 수 없었다. 너를 내 혈육이라고 공언하는 순간 련의
후계 구도는 복잡하게 되는 상황이었어."

"예. 알고 있습니다. 겉으로 알려진 것과 다르게 당신은 어
느 누구보다 련에 대해 관심을 가진 자였으니까요. 하지만 다
른 이유가 있지는 않았습니까? 천하제일인이 혼외 자식을 낳
았다. 그 사생아에 대한 소문은 일파만파 퍼져 무신이라는 이
름에 상처를 입힐 테니 말입니다."

"아니다!"

"예. 아니라고 해야겠지요. 하지만 제가 봤을 때는 맞습니
다. 예나 지금이나 당신은 절대 자신의 것은 잃지 않으려 하지
요. 품위도, 사람도, 조직도. 그 어떤 것도."

"명아!"

이유명은 고개를 절레절레 저었다.

"이만합시다. 당신이 제게 친부이든 사부이든 간에 이미 돌아올 수 없는 강을 건넌 것 아닙니까? 당신은 무신련의 수장. 반면에 저는 야별성의 주인이니."

고오오!

이유명을 중심으로 기나긴 파문이 인다.

공력을 유동하니 그의 몸을 둘러싼 짙은 마기도 서서히 변화를 시작했다.

이유명의 정수리 위에서만 나돌던 천마혼이 서서히 크기를 더해 간다.

흑광을 번뜩이는 마기는 마치 화선지에 떨어진 먹물처럼 공간을 새카맣게 물들인다. 확장된 마기 위로 수없이 작고 많은 파문이 그려지면서 형체를 갖췄다.

팔이 생기고, 다리가 생긴다.

그런데 팔이 한두 개가 아니다. 도합 여섯 개다.

그뿐만이 아니다.

드드득!

마치 분열을 하는 것처럼 악귀의 형상을 띈 천마혼이 좌우로 갈라졌다. 중앙과 똑같은 생김새를 한 얼굴은 다만 표정만 달랐다.

좌측은 화를 내며, 중앙은 기뻐하고, 우측은 울상을 짓는다.

쿠쿠쿠!

거인은 바짝 엎드렸던 몸을 천천히 일으켜 세웠다.

왼쪽 무릎으로 지면을 찍고, 오른쪽 다리를 세워 힘을 준다. 그러자 거구가 천천히 일어났다. 녀석은 구부정한 허리에 힘을 주었다.

연회장을 둘러싼 나무보다도 훨씬 크다.

장장 육 장에 달하는 엄청난 크기를 자랑하는 거인. 녀석은 자신의 건재함을 과시하기라도 하려는 모양인지 하늘을 향해 거칠게 울부짖었다.

크아아아아아!

엄청난 크기의 포효 소리가 사방으로 울려 퍼진다.

대기가 떨린다. 땅이 울린다. 하늘이 놀란다.

이미 바닥에 어지럽게 흩어져 있던 폐허는 포효와 함께 불어닥친 광풍에 휩쓸려 나갔다.

오로지 아무런 영향도 받지 않은 것은 백율밖에 없었다. 그는 뒷짐을 쥔 채로 침울한 얼굴로 거인을 보는 중이었다.

남들이 본다면 도저히 믿기지 않을 기현상이다.

세상에 거인이라니!

신화 속에 존재한다는 거인, 반고(盤古)가 나타났다고 해도 과언이 아니리라.

아니, 제석천과 맞서 싸운 아수라에 보다 가까우리라.

삼두육비(三頭六臂)의 괴물은 그만큼이나 두려움을 일게 하는 존재였다.

하지만 백율은 놀라지 않았다.

이미 오래전부터 보았던 녀석이니.

이것이야말로 천마혼의 본래 형태.

인간의 탈을 벗어던지고 선계로 입적하려 했으나, 알 수 없는 이유로 이 세상에 남아 영생을 추구하는 추악한 존재의 본모습이다.

스스스!

화내고[怒], 웃으며[笑], 우는[哀] 세 개의 얼굴이 아래로 향한다.

신기한 것은 가장 좌측에 있는 화내는 얼굴을 제외한 나머지 두 얼굴이 모두 눈을 꼭 감고 있다는 점이었다. 마치 기나긴 동면에 든 것처럼.

이유명은 절반쯤 천마혼에 잠식된 채로 말했다.

"그래도 제가 여태까지 살면서 당신에게 유일하게 감사했던 것이 딱 하나 있습니다."

백율은 천마혼에게 시선을 내려 다시 이유명을 보았다.

쓸쓸한 감정이 눈가에 맺혔다.

"……무엇이냐?"

"당신의 구차한 양심 덕분에 무신팔법을 아끼지 않고 전수를 받아 이렇게 천마혼의 한쪽 얼굴이 되는 영광을 얻었다는 점이지요."

스르르!

그 말과 함께 이유명은 완전히 천마혼에 잠식되었다.

동시에 세 개의 얼굴 중에서 가장 우측에 있는 우는 얼굴, 애마안(哀魔顔)이 두 눈을 활짝 떴다.

시퍼런 광망이 번쩍하고 뿌려졌다.

"결국 먹히고 만 것이더냐?"

백율은 슬픈 어조로 작게 중얼거렸다.

쿠쿠쿠……!

천마혼이 움직이기 시작한다.

거구에 어울릴 만큼 느릿한 동작으로 한쪽 발을 들어 백율을 짓밟았다.

콰아아―앙!

『피했군. 쥐새끼처럼.』

가장 왼쪽에 있는 노성안(怒性顔)이 입을 살짝 연다.

대기를 떨리게 만드는 노성(怒聲).

분명 발성기관이 없는 영체인데도 불구하고 노성안의 의지가 만들어 내는 사념만으로도 천지가 우르르 떨릴 정도였다.

그만큼 천마가 가진 세 개의 인격, 아수라천마혼(阿修羅天魔魂)의 삼두령(三頭靈)이 백율에 대해 가진 분노는 아주 컸다.

　오래전부터 이 세상에 현신하려던 자신을 번번이 방해하던 작자.

　감히 신인의 강림을 몰라보고 반역을 일삼던 자.

　이제야말로 그 어리석음을 징치해 주마!

　『우측입니다!』

　그때 애마안이 소리쳤다.

　『알고 있으니 입 다물거라. 네놈이 그리 떠들지 않아도 내 의지가 닿지 않는 곳은 없으니.』

　『…….』

　노성안은 귀찮다는 듯 면박을 주고는 우측으로 몸을 틀었다.

　우측 가장 상단에 있는 팔이 허공을 가른다.

　장정보다 더 큼지막한 손바닥은 구름을 그대로 떠밀면서 허공을 세게 후려쳤다.

　쾅!

　닿는 모든 것을 닥치는 대로 부숴 버릴 것 같던 손바닥은 도중에 가로막혔다. 마치 보이지 않는 단단한 무형의 벽에 가로막힌 것처럼.

　그리고,

콰—앙!

갑자기 손바닥이 폭죽처럼 터져 나갔다.

엄청난 크기의 동심원이 그려진다. 손바닥이 일그러진다. 영체를 이루고 있던 검붉은 마기가 흐트진다.

그 사이로 백율이 튀어나왔다.

백율은 마치 산보라도 나온 것처럼 뒷짐을 쥔 상태로 가볍게 발을 놀렸다.

그때마다 보이지 않는 계단이 나타나 그의 몸을 쭉쭉 밀어냈다.

경지에 다다른 능공허도!

하늘을 마음껏 노니는 모습은 이미 선계로 들어선 신선이라고 해도 믿을 정도였다.

백율은 마치 지상으로 추락하는 유성탄처럼 빠른 속도로 노성안 쪽으로 치달았다.

"우선 그 보기 흉물스러운 머리통부터 하나 잘라내고 마저 이야기를 나누자꾸나."

백율은 애마안 쪽으로 슬픈 눈빛을 던지고 뒷짐을 살짝 풀었다.

왼쪽 손날을 바짝 세운다.

『감히!』

노성안은 자신이 무시당했다는 생각에 가장 큰 분노를 터뜨렸다.

천마의 인격 중에서 분노와 자존심을 담당하는 그로서는 자신을 없는 사람처럼 취급하고 애마안과 이야기를 나누는 백율의 작태가 가장 짜증 나는 일이었다.

쐐애애애—액!

좌측의 두 번째 팔이 벼락처럼 뿌려진다.

일정한 형체가 없기 때문에 마치 채찍처럼 흐물흐물해지면서 백율을 있는 힘껏 후려쳤다.

하지만 백율은 허공을 살짝 디뎌 일 장 정도 더 높이 떠오르는 것으로 가볍게 공격을 회피했다.

쉬리릭!

물론 공격은 거기서 끝나지 않는다.

아무것도· 없는 빈 허공을 가른 채찍은 마치 먹이를 노리는 뱀처럼 둥그스름하게 호선을 그리면서 백율의 뒤를 쫓았다.

이때부터 추격전이 생겼다.

허공을 디디며 계속 위로 향하는 백율과 그를 잡을 듯 못 잡을 듯 아슬아슬하게 발치까지 닿아 가는 채찍.

하지만 귀찮은 파리처럼 설쳐 대는 백율을 잡기 위한 노성 안의 공격은 거기서 그치지 않았다.

그에게는 아직 수많은 팔이 남아 있었다.

파라락!

수많은 팔들이 공간을 가로지른다. 대기가 밀려나면서 엄청난 마찰열과 함께 타올랐다.

마기가 더해진 열기는 끝내 불벼락이 되었다.

어떤 것은 붉은 불꽃이 되었다.

또 어떤 것은 샛노란 벼락이 되었다.

붉고 노란 빛무리가 백율이 있던 자리로 수없이 번쩍이며 꽂힌다.

쿠르릉! 콰르르르릉!

그야말로 하늘이 무너지는 것이 아닐까 하는 엄청난 공격 앞에서 그나마 남아 있던 무신궁의 남은 잔해마저도 모조리 부서지고 가루가 되었다.

백율은 그때마다 좌수를 뻗어 불벼락을 흘려보냈다.

파파팟!

어느새 다시 원형을 복구한 상단을 포함한 우측 팔 두 개가 위에서 아래로 덮어 온다.

백율은 자신을 덮쳐 오는 그림자를 보면서 얄궂은 미소를 던졌다.

"날 아예 가둬서 압사시킬 생각이로구나."

아래와 위는 손바닥으로 덮여 간다.

방향을 꺾어 보려는데 앞과 뒤도 마찬가지로 다른 손이 다가오고 있었다.

그야말로 어디로도 도망갈 수 없는 감옥이다.

햇빛이 사라진다.

『드디어 잡았구나, 이놈!』

백율은 녀석의 손가락 사이로 노성안의 얼굴을 올려다보았다.

"언제나 느끼는 것이지만 말이다."

어느새 어둠이 그를 가뒀다.

"중앙 인격을 제외하면 나머지 놈들은 참으로 멍청하기 그지없구나. 왜 그리도 생각하는 것이 일차원적에 불과한 게야?"

쿵!

혀를 차는 백율의 목소리는 어느새 노성안의 손바닥 감옥에 갇혀 새어 나오질 못했다.

노성안은 백율을 아예 짜부라뜨리기 위해 네 개의 손바닥을 마구 비볐다.

아니, 비비려 했다.

무형의 기운이 손바닥을 밀치지만 않았다면.

슥! 슥!

갑자기 어디선가 날카로운 칼로 종이를 아무렇게나 자르는 듯한 소리가 들린다. 그야말로 별것 없는 단순한 소리.

하지만 그 결과 공간이 단절되었다.

아무렇게나 사선으로 두 개.

그 가운데 노성안의 손바닥이 걸려 있었다.

단면을 따라 미끄러지는 공간과 함께 네 개의 손바닥이 마구잡이로 잘려 나갔다.

그리고 이어지는 폭발.

콰콰쾅!

『이런……!』

노성안의 충격을 뒤로한 채 백율이 폭발에 따른 후폭풍을 타고 어기충소의 수법으로 단숨에 위로 치솟았다.

그는 노성안의 눈자위와 동등한 곳에 섰다.

"벌써 잊은 게냐?"

백율은 좌수를 반듯하게 세우며 싱긋 웃었다.

"과거 네놈의 머리통을 두 개나 잘라냈던 것이 누구였는지 말이다."

『……!』

노성안이 무슨 말을 잇기도 전에,

스걱!

다시 한 번 공간이 단절되었다.

기다란 선이 그어진다.

우측 관자놀이에서부터 좌측 턱까지.

『이, 인간이 어찌 이런……!』

노성안이 턱을 부르르 떤다.

지난 삼십여 년 전, 백율이 잘라낸 머리통은 주인격과 애마안.

노성안은 운 좋게 교도들의 희생을 말미암아 유일하게 살아남아 그 자리에서 달아났다. 그리고 음지로 숨어 와신상담의 자세로 재차 힘을 길러야 했다.

그리고 다시 나타난 지금.

잠들어 버린 주인격을 대신해 천마혼을 상징하게 된 노성안은 자신 있었다.

이번에야말로 백율을 무찌를 수 있노라고.

그동안 놈을 씹어 삼키기 위해 얼마나 모진 노력을 했던가!

하지만 지난 삼십여 년간의 노력은 모두 헛수고로 돌아갔다.

도리어 이건 옛날보다 더 허망하지 않은가.

변변찮은 공격도 한 번 해내지 못하고 이리 쓰러져야만 하다니.

"말했잖느냐? 지난 세월 동안 노력은 너만 한 것이 아니라고 말이다."

백율의 입가에 싸늘한 조소가 어린다.

"그래도 참으로 다행이구나. 그동안 잡으려고 그렇게 애를 써도 쥐새끼처럼 숨어서 보이지 않았던 놈을 드디어 이렇게 잡을 수 있게 되었으니 말이다."

『아, 아, 안 돼에에에에에에!』

죽음이 눈앞으로 성큼 다가온다.

수많은 이들의 생명을 빼앗을 때에는 아무렇지 않았으면서 정작 자신의 죽음에는 공포를 느낀다.

"된다."

백율의 한마디와 함께,

주르륵!

단면을 따라 머리통이 살짝 미끄러진다 싶더니 이내 폭죽처럼 터져 나갔다.

콰콰콰콰쾅!

크오오오오오오오!

갈 길을 잃은 마기 상당수가 엄청난 열폭풍을 동반한 채로 뿌려진다.

나무가 불에 탄다. 풀잎이 열기에 잔뜩 달아올라 바닥에 눌어붙는다. 땅이 그을리면서 시커먼 재로 가득한 황무지로 변한다.

강호의 중심, 무신련에서도 성지로 숭상과 추앙을 받던 무신궁의 화려한 전각들이 모조리 붕괴되었다.

거인을 무너뜨리는 무지막지한 신위를 선보이고도 백율은 여유로워 보였다.

그의 몸을 따라 우윳빛 기운이 감돈다.

호신강기가 모든 열폭풍을 씻어 내린 것이다.

"이번에야말로 지난 싸움을 모두 끝내리라."

짧은 다짐과 함께 몸을 천천히 움직인다.

허공을 미끄러지듯이 애마안 쪽으로 달렸다.

남은 손이 그를 잡기 위해 따라붙었지만 그때마다 좌수가 허공을 슥슥 그어 댔다.

퍼퍼펑!

공간 단절은 손바닥뿐만 아니라 아예 다시 자라날 기미도 보이지 않기 위해 팔뚝과 어깨도 모조리 분질렀다.

그것으로도 모자라 무릎 아래까지 잘려 나갔다.

쿵!

천마혼은 허무하게 땅바닥에 주저앉아야만 했다.

결국 천마혼은 처음 나타났을 때와는 다르게 너무나 허망하게 모든 공격 수단을 잃은 채로 백율 앞에 무릎을 꿇어야만 했다.

여전히 천마혼에게는 노성안을 제외하고도 머리가 두 개 남아 있었다.

하지만 주인격이라 할 수 있을 소신안(笑神顏)은 무슨 이유인지 여전히 눈을 꼭 감은 채로 잠들어 있었고, 이유명이 깃들어 있는 애마안은 천마의 인격으로 각성한 지 얼마 되지 않았기 때문에 노성안처럼 천마혼을 자유롭게 다루지 못했다.

"삼십여 년 전, 천마는 을지선(乙支線)이라는 숙주를 통해 천 년 만에 이 세상에 강림했다."

애마안은 조용히 입을 다물었다.

그 역시 잘 알고 있었다.

을지선.

야별성의 전대 천주.

아니, 정확하게는 대라종의 종주이자, 천마신교의 삼십이 대교주였던 자.

"그 역시 너와 똑같았지. 애마안의 자리에는 을지선이 앉아 있었다. 천마를 부활시키고 대라종을 강북 제일의 세력으로 만들었을 정도로 뛰어난 그였지만, 결국 천마에 잡아먹히고 말았지. 너 역시 다르진 않을 게다."

『난 그와는 달라!』

"아니. 다르지 않다. 너는 천마라는 기생물을 받아들인 숙주에 불과할 뿐. 천마는 아니다. 천마라는 거대한 굴레에 일부러 쇠락할 뿐, 그가 될 순 없어. 과거에 가장 먼저 잘려 나간 머리도 바로 애마안이었다."

『……』

"그다음에는 주인격인 소신안이었다. 놈이야말로 진짜 천마의 본체라 할 수 있는바, 녀석과의 싸움은 아주 거칠었지. 하지만 결국 내가 이겼다."

백율은 말에 힘을 주었다.

"보아라. 덕분에 녀석은 여전히 정신을 못 차리고 있지 않으냐?"

노성안이 죽고 팔다리가 모조리 분질러지는데도 불구하고 소신안은 눈을 뜨지 못했다. 삼십여 년 전에 받은 충격을 아직 완전히 해소하지 못했다는 뜻이었다.

"너희는 아주 큰 실수를 했다. 소신안을 깨우고 날 찾아왔어야 했어. 물론 이해가 전혀 가지 않는 건 아니다."

담담하게 말을 잇는다.

"생각지도 않은 곳에서 무성, 그 아이에게 자신들의 전력을 모두 잃어버리고 황궁에다 만들어 두려 했던 기반까지 송두리째 날려 버리고 말았으니. 다급해졌겠지."

『……』

"빨리 수를 쓰지 않으면 얼마 남지 않은 잔당도 전부 련에 의해 당했을 테니. 그래서 열등감에 휩싸인 둘째를 회유해 들어온 것 같구나. 그 계획은 아주 좋았다. 나도 이리 속수무책으로 멍청하게 당하고 말지 않았더냐?"

이로써 백율은 젊은 시절부터 같이 뜻을 함께 했던 지기들을 대부분 잃어버렸다. 무신련의 중추라 할 수 있는 홍운재가 날아가 버렸다.

뼈아픈 타격일 수밖에 없다.

"하지만 잊지 말아라. 나는 무신이다."

백율은 광오한 말투로 선언했다.

"고금제일인(古今第一人)이지."

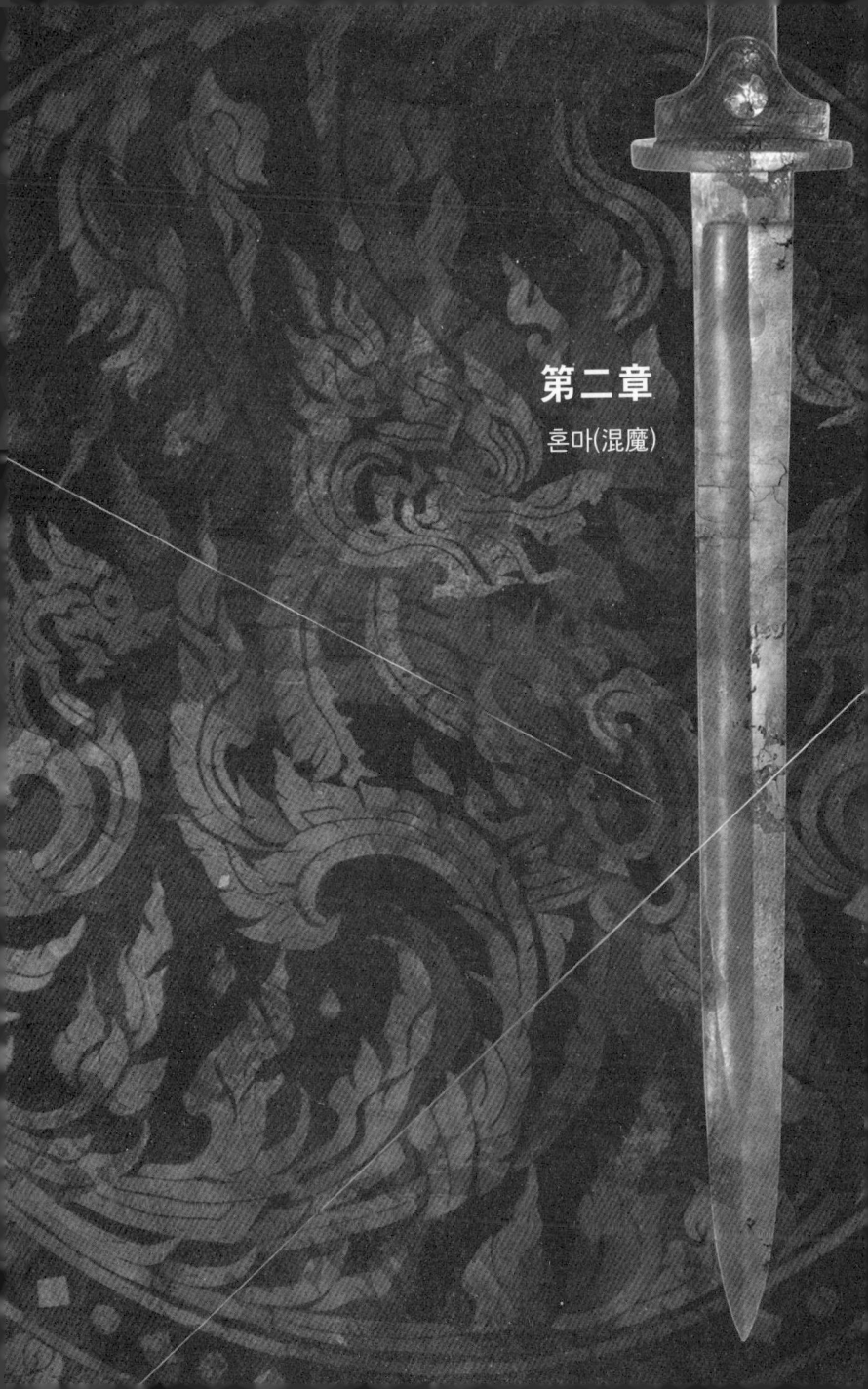

第二章

혼마(混魔)

고왕금래(古往今來).

예부터 지금까지, 신인이 살았다는 상고 시대부터 역사가
시작되어 수많은 나라가 흥망성쇠를 거듭하며 오늘날에 이르
기까지, 강호는 수천 년의 역사를 동반했다.

그동안 강한 무인들은 아주 많았다.

중원을 넘어 새외까지 포함하면 그 숫자를 모두 헤아릴 수
도 없으리라.

그중에서도 천마는 당금 첫째로 꼽힌다.

하지만 백율은 여기에 이의를 제기했다.

천마가 비록 입신을 넘어 신화(神化)를 이루었다고는 하나,

과거의 망령일 뿐.

오늘날의 최강은 바로 자신이라고.

『크하하하하하!』

애마안은 하늘을 쳐다보며 앙천대소를 터뜨렸다.

슬픈 얼굴로 웃는 모습은 괴기스럽게 느껴졌다.

『그래. 당신의 말이 맞소. 어느 누가 의심이나 할 수 있을까? 맞습니다. 당신은 최강입니다. 최고지요. 결국 이렇게 천마가 가진 생명 세 개를 모두 빼앗는 데 성공했으니 말입니다. 그토록 부활을 시키고자 했던 주인격은 결국 껍질을 깨뜨리지도 못하고, 일어나지도 못했지요. 삼십여 년 전이나 지금이나 결국 야별성은 당신이란 벽을 넘지 못한 건 여전하고.』

백율은 땅이 꺼져라 한숨을 내쉬었다.

"유명아."

『그딴 눈길로 보지 마십시오. 가증스러우니.』

애마안. 슬픈 얼굴을 지닌 것은 천마혼의 인격이어야 하건만. 도리어 슬픈 건 백율이었다.

"우선 거기서 꺼내 주마. 남은 이야기는 일단 나와서 마저 나누자꾸나."

백율은 생각했다.

이미 천마는 모두 끝났노라고.

야별성의 잔당들이 계속 날뛰고 있을 테지만 구심점이 없어져서야 금방 정리될 수밖에 없다.

야별성은, 대라종은, 천마신교는 이로써 마지막 불꽃을 태우고 멸망한 것이다. 마침내 기나긴 천 년의 세월을 지나서.

백율은 뒷짐을 쥐던 오른손도 마저 풀어 활짝 펼쳤다.

저주처럼 이유명을 감싸는 천마혼의 마기를 지울 생각이었다.

애마안은 살짝 찡그린 눈매로 백율을 가만히 보았다.

저항하고 싶어도 이미 그에겐 공격을 할 만한 수단이 더 이상 없었다.

『하지만 야별성은 끝내 당신을 넘지 못했을지 모르나, 이제부터는 다를 겁니다.』

"아니. 다르지 않다."

『다를 겁니다.』

"말했잖느냐? 다르지 않다고. 그때와 지금은 달라진 게 전혀 없다. 결국 이번에도 천마는 실패했고, 무신은 성공했다. 고금제일은 바로 나다."

『아니. 다릅니다. 왜냐하면…….』

일그러진 눈매가 살짝 풀린다.

『이젠 내가 천마거든.』

순간, 백율의 등골을 따라 오한이 스쳤다.

"무슨!"

바로 그때,

쿠쿠쿠!

잠들어 있던 소신안이 고개를 들었다.

눈을 떴다.

번쩍!

녀석이 짓고 있던 미소가 귓가까지 벌어지면서 잔혹한 송곳니가 드러났다.

백율이 본능적으로 몸을 뒤로 물리려 했지만, 그보다 먼저 천마혼의 거구가 앞으로 쓰러지면서 백율을 그대로 덮쳤다.

소신안이 아가리를 크게 젖힌다. 귓가까지 쩍 벌어진 입 사이로 난 이빨들은 마치 톱날처럼 뾰족한 날을 자랑하며 백율을 그대로 씹어 삼킬 것 같았다.

쾅!

백율은 녀석의 아가리 속으로 빨려 들어가기 전에 가까스로 주둥이를 붙잡았다.

이대로 땅에 처박히는 게 아닐까 싶을 정도로 깊숙하게 밀려난다. 백율은 십 장이 넘는 긴 거리에다 고랑을 남긴 후에야 겨우 멈출 수 있었다.

여태 여유롭게 천마혼을 상대했지만, 지금부턴 쉽지 않을 듯했다.

호시탐탐 아가리를 젖히려는 녀석을 막는 두 팔이 부들부들 떨린다. 각력에 힘이 잔뜩 실리며 근육 위로 실핏줄이 우둘투둘하게 올라왔다. 이를 악물었다.

백율의 눈가에 처음으로 핏대가 섰다.

크아아아앙!

천마혼은 그런 백율이 마음에 들지 않는다는 듯 더 거칠게 광란을 부렸다.

그때마다 백율은 가까스로 균형을 잡아야만 했다.

여태 멍청하게 당하던 노성안과는 전혀 다른 투기가 백율을 압박하고 있었다.

천마공기(天魔恐氣)!

상대의 심장을 강하게 옥죄어 터뜨리거나, 그것이 힘들다면 심마를 심어 기운을 격발시키는 힘이다.

주인격인 소신안만이 부릴 수 있던 공능.

이걸 어떻게 사용할 수 있는 거지?

'주인격은 분명 깨어나지 않았어!'

소신안이 눈을 뜨긴 했지만, 천마를 오랫동안 상대했기에 잘 안다.

지금 이 소신안은 백율이 알던 그 천마가 아니다.

그저 천마가 남긴 본능과 투기가 똘똘 뭉쳐서 만들어진 짐승에 불과했다.

문제는 이유명이 그 짐승을 부리고 있다는 점이다.

"대체…… 어떻게 된 일이냐……?"

『천마는 일어나지 못했습니다. 당신이 준 피해가 너무 큰 까닭에 백 년을 꼬박 정양해야만 겨우 나을 수 있을 정도였으니. 아니, 어쩌면 그 정도로도 힘들지 모를 정도였지요. 깨어나는 데 천 년이란 시간이 걸렸으니, 이번에도 또 그럴지도 모르는 일이지 않습니까?』

말이 이어진다.

『안타깝게도 야별성에게는 그만한 시간이 없었습니다. 그동안 기다렸던 시간도 아깝거니와 또다시 그 기나긴 인고의 세월을 감내할 자신이 없었어요. 기반이 송두리째 날아갔으니까요. 그래서 애가 탄 나머지 방향을 달리하기로 결정했습니다.』

"어……떻게?"

『천마를 먹어 치우기로.』

"뭐?"

도무지 믿기지 않는 말에 백율은 고개를 번쩍 들었다.

애마안이 씩 입꼬리를 말아 올렸다.

『천마의 혼(魂)은 잠들어 있으나, 백(魄)은 남아 있지 않습니까? 그 백을 한 사람에게 심어 주기로 했습니다.』

"……!"

이제야 이들의 노림수를 알 것 같다.

노성안은 신도들의 변심을 눈치채지 못하고 부서진 천마의 힘을 복구하는 데 신경 썼다. 그사이에 이유명은 애마안이 되어 가만히 때를 기다렸다.

노성안이 지워지는 때만을.

『그런 뜻에서 당신이란 도구는 참으로 고맙기 이를 데가 없군요. 제가 어찌 감당할 자신이 없는 노성안을 알아서 지워주셨으니 말입니다. 어쩌면 당신이 제게 처음으로 준 사랑일지도 모르겠네요. 후후후후!』

백율은 철저하게 이용당했다.

이유명은 자신에게 미안한 마음을 가진 백율이 자신을 해하지 못하리란 계산을 하고 이 계획을 짰다.

『하하하하하! 덕분에 이로써 저는 완전한 천마가 되었습니다! 천마가 남긴 유산, 그 모든 것이 제게로 깃든 것이에요!』

백율은 도무지 믿을 수가 없었다.

야별성에게 있어 천마는 신이다.

모태가 종교인 그들이 어떻게 자신들의 신을 저버릴 수가 있단 말인가?

『야별성은 자신들의 신을 버리지 않았습니다. 왜냐하면 이제부턴 제가 그들의 신이기 때문이지요!』

광소가 이어진다.

『천마의 환생! 그렇습니다. 저는 이로써 윤환 전생을 거부했던 천마의 새로운 육신이며 영혼이며 후예가 된 겁니다. 천마는 제 속에 깃들어 부활하는 것으로 그들과 함께하는 것입니다!』

분명 방금 전까지만 해도 슬펐던 눈망울이 뒤집힌다.

아래로 축 처졌던 눈초리가 위로 말려 올라가면서 차가운 광기로 번뜩였다.

캬아아!

소신안이 더 크게 힘을 밀어붙인다.

투둑, 툭.

백율의 어깨가 엄청난 압력을 버텨 내지 못하고 서서히 탈골되기 시작했다. 앙상한 팔뼈도 금이 가면서 부러지기 일보 직전이었다.

하지만 반대로 소신안도 붕괴 일보 직전이었다.

접촉과 함께 신기가 천마혼 사이사이로 스며들면서 마기 간의 연결고리를 끊어 가는 중이었다.

정수리에서부터 시작된 균열은 천마혼 전체로 퍼졌다. 톡 건드리면 모래 알갱이처럼 우수수 부서질 것처럼 위태로웠다.

둘 모두 아슬아슬하기만 하다.

"분명 네 생각은 좋았다. 이 아비를 이용해 천마의 힘을 모두 쟁취하는 것까지는. 하지만 그것이 너의 몰락을 자초했구

나. 말하지 않았더냐? 무신은 고금제일인이라고. 어쭙잖은 천마 따위는 내게 안 된단다."

그 말과 함께,

좌아아—악!

백율은 소신안의 턱과 아가리를 그대로 찢어 버렸다. 마치 종잇장처럼.

소신안이 부서진다. 주인격이 박살 나면서 천마혼을 구성하고 있던 모든 마기도 갈 길을 잃고 노성안 때처럼 폭발해 버렸다.

이로써 천마는 껍데기만 남은 혼도 모조리 사라져 버리고 말았다.

백율은 애마안 쪽으로 시선을 돌렸다.

천마혼이 박살 나고 말았으니 거기에 빙의되어 있던 이유명도 피해가 클 터.

당장 치료가 다급했다.

하지만 애마안이 사라진 자리에 있어야 할 이유명이 없었다.

'설마!'

퍽!

갑자기 시큰한 느낌과 함께 심장팍 앞으로 뾰족한 손날이 뚫고 나왔다.

"컥!"

"제 말을 여태 뭐로 들으셨습니까? 저는 천마의 환생이기에 앞서 당신의 자식이지 않습니까?"

귓가를 따라 이유명의 싸늘한 조소가 흐른다.

"또한, 당신의 제자이기도 하지요."

천장수(天障手).

백율이 적을 상대할 때마다 펼치곤 하는 무신팔법의 기수식.

백율의 심장을 뚫은 이유명의 손바닥은 검붉은 마기가 아닌 우윳빛 신기로 감싸여 있었다.

녀석은 백율이 천마혼을 찢는 데 집중하는 동안 이미 금선탈각의 수법으로 벗어나 무신팔법을 이용, 바로 뒤에서 암습을 가한 것이다.

모두 이유명을 제자로 받아들이던 시절에 백율이 금구환을 심어 준 까닭에 생긴 결과였다.

애초 무신팔법은 금구환의 신기를 효율적으로 다루기 위해 백율이 창안한 기술.

당연히 이를 사용하는 이유명은 강할 수밖에 없었다.

하물며 천마의 혼백을 모두 흡수한 지금에야.

"……유명아!"

백율은 입술을 파르르 떨었다.

제아무리 입신을 넘은 그라 할지라도 심장이 박살 난 상태에서 회생은 불가능하다. 이렇게 서서 자식을 애달픈 시선으로 볼 수 있는 것도 모두 남은 기운 때문에 가능한 일이다.

백율은 자식이자 제자였던 아이에게 무언가를 말해 주고 싶었다.

하지만 이유명은 무시했다.

그의 바로 뒤에서 귓가에다 작게 속삭였다.

"당신은 틀렸습니다. 고금제일인은 당신이 아니라 바로 저예요."

천마의 환생이며 무신의 후예.

이런 그가 아니면 또 누가 고금제일인일 수 있으랴?

백율은 마지막 유언을 남기지 못했다.

잘게 부서져 허공에 흩어졌던 마기들이 이유명의 의지에 따라 다시 한데 뭉치더니 천마혼의 형상을 띄었다.

여섯 개의 팔과 두 개의 다리. 상처 하나 없이 말끔한 아수라의 형상 그대로다.

조금 다른 점이 있다면 더 이상 삼두가 아닌 일두(一頭)라는 것. 대신 우측에 있던 애마안은 중앙으로 옮겨져 있었다.

이유명이 천마혼의 주인격이 되었다는 증거였다.

크와아아!

애마안이 크게 아가리를 젖혔다. 백율의 머리맡으로 짙은 그림자가 드리워졌다.

"좌측과 우측, 두 자리 중 어디가 좋으십니까?"

"……."

대답이 내려지기도 전에 천마혼이 그대로 백율을 집어삼켰다.

천마혼은 한참 동안 백율을 질겅질겅 씹어 댔다.

우드득. 뿌드득.

뼈가 갈리는 소리와 함께 핏물이 입가에 잔뜩 묻는다.

본디 무신이 자랑하는 신기는 마기와는 상극이다.

하지만 이유명이 체내에 지닌 금구환이 천마혼의 성질을 밑동부터 바꾸어 버렸다. 주인격으로 상승하면서 혈육인 백율의 모든 것을 앗아 갈 수 있게 된 것이다.

덕분에 이유명은 백율이 지난 평생 동안 쌓은 모든 것들을 받아들일 수 있었다.

기운, 정수(精髓), 그리고 심득까지!

"아아……!"

그것은 거대한 바다였다. 하늘이었다. 세상이었다.

도저히 인간의 눈으로는 엿볼 수 없는 삼라만상의 모든 이치가 바로 그곳에 있었다.

어디 그뿐이랴?

천마의 혼백에 남아 있는 잔재까지 융화되면서 이유명이 바라보고 있는 세상은 자꾸 크기를 확장했다.

삼라만상을 넘어 세상을 이루는 근원이라는 허공록(虛空錄)까지 얼핏 엿볼 수 있을 정도였다.

무신과 천마는 그야말로 상극이라고 해도 과언이 아닐 정도로 극과 극에서 경지에 다다랐던 인물들.

당연히 양극의 정점에서 보는 것들을 모두 합친다면 일부가 아닌 전체라고 해도 과언이 아니다.

이유명은 막대한 정보의 홍수 속에서 아찔했다.

자칫 자신을 놓아 버릴 수도 있는 상황이다.

하지만 스스로 공언했듯이 그는 천마의 환생이며 무신의 후예다. 고작 이따위에 휩쓸릴 수는 없었다.

얼마나 지났을까.

여태 잠잠하던 천마혼이 어느새 고개를 들었다. 입가에 잔뜩 묻었던 핏물은 산화되어 사라진 지 오래였다.

천마혼은 처음과 달랐다.

분명 고개를 숙일 때까지만 해도 머리가 하나밖에 없었으나, 들 때에는 어느새 우측에 새로운 머리가 나 있었다.

잔뜩 일그러진 얼굴. 노성안이다.

그는 아직 다 정화하지 못한 무신의 정수를 인격으로 변환, 노성안에다 심어 두었다. 신기와 마기를 한 몸에 수용하고 있으나, 아직 융화가 덜 끝난 탓에 충돌을 염려해 마련한 해결책이었다.

참고로 천마의 정수는 애마안에 남아 있었다.

나중에, 이 일을 모두 끝내고 난 후에 시간이 남으면 차차 노성안도 애마안도 모두 흡수, 신기와 마기를 한데 융합할 작정이었다.

처척!

그때 이유명 앞으로 두 개의 그림자가 떨어졌다.

창마와 흉망이었다.

창마는 감격에 찬 얼굴이고, 흉망은 호승심에 찬 표정이다.

서로 상반되지만 두 사람이 하는 말은 똑같았다.

"드디어 돌아오셨군요! 대성을 축하드립니다!"

"축하드리오."

"감사합니다. 모두 그대들의 공이에요."

이유명은 여유롭게 웃으면서 뒷짐을 쥐었다. 그는 자각하지 못했지만 백율이 평소에 하던 것과 똑같은 자세였다.

"크윽! 이 단충시, 종주님의 대업에 눈물이 앞을 가릴 따름입니다! 여기서 당장 죽는다 하여도 일말의 후회도 없사옵니다!"

창마는 아예 땅에 주저앉아 펑펑 눈물을 쏟아 냈다.

지난날 주어진 영광을 모두 버리고 오로지 믿음에만 투철

했던 그다. 당연히 오랜 원수인 무신의 죽음은 아주 큰 감명으로 다가왔다.

하물며 상대가 교주이고, 천마의 환생이며, 부활한 마신의 화신임에야!

이유명은 창마의 어깨를 다독이며 부축했다.

"일어나세요. 그리고 앞으로 그런 말씀일랑 절대 하지 마세요. 무곡이 있었기에 달려 온 지난 세월입니다. 무곡이 없다면 어떻게 지금의 제가 있고 야별성, 아니, 우리 밀천(密天)이 있을 수 있었을까요?"

창마는 단어 하나에 몸을 부르르 떨었다.

밀천!

천마신교, 대라종, 야별성으로 이어지는 세력이 보호하고자 했던 중심. 단단한 껍질과 흰자로 둘러싸여 있던 노란 알갱이다.

천마가 재림했으니 이제 천 년의 세월을 뛰어넘어 그들이 세상에 나설 차례였다.

"밀천이 가는 길, 이 창마가 앞장서겠사옵니다!"

"예. 부탁드리겠어요. 파군도 부탁드려요. 앞으로 갈 길이 더 멀고 험난할 겁니다."

이유명의 웃음에 흥망은 비릿한 웃음을 던졌다.

"그깟 길 따위 난 아무래도 상관없소. 그저 약속했듯 당신들이 내가 누군지를 말해 주기를 바랄 뿐. 말했듯 제대로 설명하지 못한다면 천마고 뭐고 당신은 내 손에 죽어."

순간 창마가 발끈해 뭐라고 소리치려 했으나, 이유명이 손을 뻗어 그를 말렸다.

대신 맑은 미소를 지었다.

"당연하지요. 절대 후회하지 않을 겁니다."

"흥!"

"하면 이곳도 상황 정리가 끝났으니 마저 움직이지요. 무신궁이 끝났으니 이제 무신련을 공략할 차롄가요?"

창마가 무겁게 고개를 끄덕였다.

"이미 그쪽은 문곡이 잘 해내고 있을 겁니다."

　　　　　*　　　*　　　*

금태연의 계획은 무신궁에만 있지 않았다.

무신련 곳곳에 그녀의 손길이 닿아 있었다.

　　　　　*　　　*　　　*

수많은 소란이 벌어지는 동안에도 무신궁 쪽으로 어느 누구도 달려오지 못했다.

그 이유는 간단했다.

퍼퍼퍼펑!

화포가 울부짖는다.

그때마다 포탄이 성벽으로 떨어져 우르르 건물이 무너져 내린다. 뒤를 이어 쏟아진 수많은 폭약들은 한데 뭉쳐 있던 무인들을 깡그리 쓸어버렸다.

화마가 무신련의 거대한 성채를 집어삼켰다.

"으아아아악!"

"젠장! 앞으로 나갈 수가 없어!"

"달려라! 놈들을 쓰러뜨리란 말이다!"

독전관들이 소리를 질러 무인들을 다그쳐 보지만, 무신련이 자랑하는 십대 무군은 이미 하늘을 빼곡하게 물들인 폭약 앞에 번번이 가로막혀야만 했다.

이미 남교기군(藍皎旗軍)과 회안기군(灰眼旗軍)은 갑자기 성벽 외곽에 출몰한 정체불명의 군단에 대응하기 위해 나서다가 화포가 빚어내는 참화를 면치 못했고, 주개기군(朱蓋旗軍)은 불길에 휩싸인 동료들을 구하러 가기 위해 나섰다가 매설된 폭약을 밟아 그대로 전멸하고 말았다.

결국 십대 무군은 적의 공세를 버티지 못하고 후퇴, 수성전에 몰입했다.

하지만 수성전은 화포 앞에서 속수무책이었다.

아니, 도리어 적들에게 좋은 먹잇감에 불과했다.

한데 모여서 따로 떨어진 것을 각개격파 할 수고를 덜어 주니 이보다 고마운 일이 어디 있으랴.

물론 그렇다고 해서 당할 수만은 없는 일이다.

무신련에서도 보관 중인 화약을 있는 대로 갖고 와 반격을 꾀하거나, 실력 좋은 고수들이 별동대를 꾸려 몰래 후미를 타격하려 했다.

하지만 이런 잔재주도 번번이 가로막혔다.

강호 집단에 불과한 무신련이 가진 화약이라고 해 봤자 성능이 좋은 것은 없다.

평소 무신련을 경계하는 관부에서 이따금 감찰을 나와 화약을 보유할 기미를 뿌리 뽑은 탓이었다. 그만큼 화약은 조정에서 각별히 주의를 기울이는 중요한 물품이었다.

그런데 대체 어느 문파가 있어 저 많은 화약을 동원할 수 있단 말인가!

결국 막강한 화력 앞에 무신련은 허망하게 압도되기만 할 뿐이었다.

별동대의 활약도 마찬가지로 별 이득을 보지 못했다.

적에게는 마치 천리안을 지닌 사람이라도 있는 듯, 별동대가 움직일 때마다 번번이 들키고 말았다.

아니, 도리어 역으로 함정을 판 까닭에 별동대는 모조리 전멸을 면치 못했다.

물론 화력에도 한계가 있기 마련이다.

강호의 전장을 지배하는 것은 어디까지나 고수의 유무에 있는 바.

천하에서 가장 많은 고수를 보유한 곳이 바로 무신련이니 홍운재에서 몇몇이 나서기만 한다면 전황을 뒤집는 것도 무리가 아닐 터였다.

하지만 그들이 어찌 알겠는가.

이미 홍운재는 산화하였으며 그들이 그토록 믿는 무신도 이 세상 사람이 아닌 것을.

결국 무신련은 서서히 전력이 깎여 나가는 것을 지켜보기만 해야 했다.

그 중심에 금태연이 있었다.

죽은 사부에 이어 귀곡자의 이름을 얻고 문곡의 자리에 오른 그녀는 하늘이 울리고 땅이 떨리는 엄청난 포성(砲聲)의 세례 속에서도 한 치의 흐트러짐도 없었다.

그런 그녀의 눈에 저 너머로 검고 붉은 폭죽이 하늘을 물들이는 것이 보였다.

무신궁에서 보낸 신호탄이었다.

모든 임무가 성공했다는 뜻의 신호탄.

"문곡!"

기쁨에 찬 부관의 외침에 금태연은 고개를 끄덕였다.

드디어 고대하던 계획을 목전에 두었는데도 불구하고 크게 기뻐하는 기색 없이 명령을 내렸다.

"예. 그것을 준비해 주세요. 이 전쟁을 끝내겠어요."

"존명!"

사라지는 부관을 뒤로한 채, 금태연은 허물어지는 무신련의 성곽을 눈에 가득 담았다.

'오늘로써 무신련은 사라진다.'

*   *   *

푸드득!

폭연이 퍼지는 하늘 위로 수십 마리의 비둘기와 매들이 날아다닌다.

그들이 가져다주는 소식은 침통했다.

"삼조(三鳥) 연락 두절!"

"칠이조(七二鳥) 전멸! 오조(五鳥)와 십연(十燕) 역시 부상을 입었다고 합니다!"

"맥홍(驀鴻)은? 그 아이는 어떻게 되었어?"

"역시나 연락 두절입니다!"

"젠장!"

쾅!

거대한 손바닥으로 탁상을 내리친다.

"대체 무슨 일이 벌어지고 있는 것이야!"

흑산기군의 수장, 한조명(韓祚命)은 속이 타들어 가는 심정이었다.

흑산기군은 십대 무군 중에서 유일하게 양지가 아닌 음지에서 활동하는 이들. 흑조라는 이름을 지닌 무사들은 중앙 지휘부와 야전 지휘부를 연결한다.

지금도 마찬가지다.

외부에서는 야별성으로 보이는 집단이 나타나 화포를 갈겨 댄다. 내부에서는 무신궁에서 변란이 벌어졌다.

하지만 한조명은 아직도 두 곳의 상황을 제대로 파악하지 못했다.

나타난 놈들의 숫자는 얼마나 되는지, 피해는 얼마나 되는지, 결과가 어떻게 되었는지조차!

사방으로 보낸 흑조가 아직 단 한 명도 귀환하지 않은 탓이었다.

누군가가 있었다.

내부에서 흑조의 연결 고리를 끊는 누군가가.

'안 되겠어. 내가 움직여야겠다.'

이대로는 정말 전멸을 면치 못하겠다는 위기감밖에 들지

않는다.

"흑조들은 날 따르라! 무신궁으로 간다!"

한조명이 흑조들에게 지시를 내리며 이동하려는 바로 그때였다.

"가시기 전에 저와 이야기나 좀 나누시지요, 군주."

"당신들이 어떻게 여기에?"

한조명은 인상을 찡그렸다.

흑산기군의 앞을 가로막은 이들은 그 역시 아주 잘 아는 사람들이었다.

이전에 발생한 반란 이후로 줄곧 밀착 감시해 왔던 이들이었으니.

거룡궁과 영호권가.

아니, 정확하게는 천룡회의 사람들이다.

영호산이 차갑게 웃었다.

"아직 궁과의 연결은 이쪽에서 난감해서 말이오. 이참에 사라져 주셔야겠소이다."

"허튼소리!"

한조명은 인상을 찡그리며 손을 들었다.

십 년 넘게 음지에서 조용히 살다 보니 이젠 별의별것들이 만만하게 본다 싶었다. 이참에 왕년에 강호를 주름잡았던 비봉백리(飛鳳百里)의 실력을 보여 줄 참이었다.

팟!

그렇게 흑산기군과 천룡회가 충돌을 시작했다.

* * *

무신궁의 전력은 삼대 위군만 있는 게 아니다.

집행부의 집행사자들은 위기 시에 사자(使者)가 아닌 사자
(獅子)가 된다.

위기를 조장하는 원인을 물어뜯는 사자가!

그들은 현 상황을 무신련이 세워진 이래 최대의 위기라 보
고 나서려 했다.

하지만 그들의 앞을 가로막는 자가 있었다.

"예전부터 느낀 것인데 말이야. 아직도 사대 가문이 끝났다
고 생각하는 작자들이 있단 말이지. 멍청하게도. 나와 내 아이
들은 이리도 멀쩡한데도."

스르릉!

천천히 칼을 뽑는다.

언제나 무덤덤하기만 하던 가면 너머의 눈들이 잔뜩 경직
된다.

그만큼 상대는 집행사자들도 두려워하는 자였다.

하후도가의 가주, 하후충.

그가 수 년간의 칩거를 깨드리고 전면에 나섰다.

무신궁의 주인이 되기 위해.

"어때, 한번 답해 보겠나? 그대들이?"

잔뜩 벌어진 입술 사이로 송곳니가 번뜩였다.

*　　　*　　　*

창마가 말했다.

"호남의 일에 저희 벽력보는 동원되지 않아 전력을 보존할수 있었습니다. 그 전력을 모두 끌어와 배치한 것이니 십대 무군인들 쉽게 당해 내지 못할 것입니다."

"황도를 손에 넣을 때 쓰려던 걸 무신련을 함락하기 위해서 쓰게 되다니. 참으로 기구하군요."

이유명은 씁쓸하게 웃었다.

본래 계획대로라면 초왕이 강남에서 흥기해 북진을 시작할때에 벽력보가 도중에 가담을 하여 큰 전력이 될 참이었다.

벽력보는 무인 집단이기에 앞서 화약을 정제하던 곳.

수십 년간 그들이 개발하고 고안해 낸 화약의 성능은 이미정체된 지 오래인 관부의 것을 훨씬 능가했다. 성능 시험도 새외에서 모두 검증을 끝낸 안전한 것들이었다.

그런데 이게 전부 허사로 돌아가고 말았다.

무성에 의해서.

초왕부는 흥기를 하기도 전에 진압되었다. 야별성은 주력
이 모조리 분쇄되었다. 구대 문파에 심으려던 자들은 모두 달
아났다.

결국 아무것도 남지 않아 도박을 감행하기로 결정했을 때,
금태연이 말했다.

그 모든 화력을 무신련으로 돌리자고.

벽력보의 주인인 창마는 처음에 이 제안을 거절했다.

　　"이것을 사용하는 즉시 우리는 반역자가 된다. 관부와
　　황실을 적으로 돌릴 셈이냐?"

창마라고 어찌 그 생각을 안 해 봤을까.

하지만 초왕부에 가담하여 옥좌를 차지했으면 모르되, 그
것이 틀어진 마당에 더 이상 황실의 분노를 사면 위험했다.

자칫 남은 야별성의 잔당마저 사라질 수도 있었다.

하지만······.

　　"이미 우리는 역적이 아닌가요?"

금태연이 툭 던진 말에 창마는 수긍해야만 했다.

"이미 우리는 모든 것을 잃었어요. 무신련을 차지하지
못한다면 남은 세력도 제대로 추스르지 못할 거예요. 그
렇다면 모든 걸 던져야죠."

결국 창마는 벽력권의 모든 권한을, 아니, 계획의 모든 권
한을 금태연에게 일임했다.

그리고 보라는 듯이 성공했다.

"그뿐만이 아닙니다. 영호휘가 천룡회를 고스란히 저희에게
남겨주면서 무신련을 내부에서부터 뒤흔드는 것이 가능해졌
으며 이번에 같이 하기로 한 하후도가 역시 나서면서 혼란은
극대화될 것입니다."

"안팎에서 동시다발적으로 터지는 혼란이라……. 거기다 그
들이 신처럼 숭상하는 무신까지 죽었으니 이미 무신련은 끝
났다고 봐야겠어요."

"예. 그렇습니다."

"하면 저쪽의 일은 더 이상 신경 쓰지 않아도 되겠군요."

"그렇습니다. 이미 화약뿐만 아니라 무신련을 거꾸러뜨릴
만반의 준비도 모두 끝낸 상태입니다."

창마의 말에 이유명은 싱긋 웃었다.

"좋아요. 하면 그쪽의 일은 마저 문곡에게 맡기기로 하지

요. 우리는 바로 다음 단계로 넘어갑시다."

이유명은 고개를 들었다.

천마혼이 보인다.

두 개의 머리. 좌측에 하나가 비었다.

"남은 머리를 마저 채웁시다. 재료는 어디에 있나요?"

재료.

백율과 마찬가지로 천마혼을 완성하기 위한 재료다.

창마가 고개를 숙였다.

"마라혈붕, 진무성이란 자는 모처에 묶어 두었습니다."

이유명은 기분 좋게 웃었다.

"묶어 두었다고요?"

"그렇습니다. 중마위군에게 보냈습니다."

"하하하하하!"

위불성은 당연히 이유명에게는 눈엣가시 같다.

그런 이를 마찬가지로 더 큰 가시인 무성에게 보냈다고?

"대체 무슨 조화를 부린 겁니까?"

"무신련 곳곳에 문곡, 아니, 전대 문곡의 손길이 닿아 있습니다. 중마위군도 예외는 아닌 터라, 위불성이 신임하는 자들 중에 신실한 신도가 숨어 있습니다."

이유명의 눈이 반짝거렸다.

명석한 두뇌를 지닌 그는 단숨에 이유를 알아차렸다.

"그자를 통해 위불성과 진무성, 두 사람을 동시에 자극할
만한 것을 보냈군요."

"예. 그렇습니다."

창마는 비릿한 웃음을 던졌다.

"문인산의 수급입니다."

*　　　*　　　*

무성은 빠른 눈길로 중마위군을 살폈다.

포위망을 갖춘 이들의 눈가에는 살기가 단단히 어려 있었
다.

설득이 어렵다는 생각이 자꾸만 들었다.

하지만 무력 충돌을 벌일 수도 없는 일.

'어쩌지?'

판단을 내리지 못해 쭈뼛거리는 와중에도 포위망은 점차
좁혀 온다. 위불성은 아예 검을 뽑아 푸른색 강기를 잔뜩 세
워 두고 있었다.

함정이란 걸 뻔히 아는 상황에서 가만히 있을 수도 없다.
문인산과 백율에게 무슨 일이 벌어지지는 않을까 하는 노파
심이 자꾸 들었다.

물론 백율과 홍운재가 있는 마당에 야별성이 어떻게 할 수

있을 거란 생각은 하지 않았다.

그래도 걱정이 드는 건 어쩔 수 없다.

바로 그때였다.

'저건……?'

중마위군 중에서 유일하게 가장 뒤편에 서 있는 이가 있다. 비통한 얼굴을 한 이는 보자기로 쌓인 무언가를 품에 꼭 끌어안고 있었다.

위치도 이상하지만, 분노 섞인 다른 이들과 다르게 슬픈 표정이 자꾸 눈에 띈다.

슬픈데 슬픈 것 같지 않은 표정.

분명 눈가가 웃고 있었다.

무성을 보면서.

마치 이 상황이 너무 재미있어서 죽겠다는 듯이.

'설마!'

무성은 불현듯이 드는 생각에 허리를 쭈뼛 세웠다. 머릿속으로 벼락이 치는 듯했다.

반응은 즉각적이었다.

웅, 웅, 웅―!

금구환과 마령주가 공명을 시도한다.

서로 제압하기 위해 달려들어야 할 상반된 두 기운은 이제 익숙한 길을 따라 도도하게 흐르며 우측으로는 우윳빛 신기가, 좌측으로는 검붉은 마기가 피어올랐다.

마치 그 모습은 부동명왕의 뒤편으로 서린 광배를 보는 것 같기도 하고, 신조 가루라가 날개를 활짝 펼친 것처럼 보이기도 했다.

붕익신마기!

"놈을 막아라!"

변화를 눈치챈 위불성이 명령을 내렸지만, 무성의 반응은 그보다 더 빨랐다.

쾅!

지반이 이대로 내려앉는 게 아닐까 하는 강렬한 충격파와 함께 무성은 단숨에 중마위군을 엄습했다.

중마위군은 재빨리 진형을 갖췄다.

콰르르!

하지만 제아무리 중마위군이라 해도 앞으로 쇄도하는 무성을 막아 낼 정도는 아니었다.

왼팔을 뻗어 마기를 농밀하게 압축한 마환(魔環)을 터뜨린다.

폭풍을 동반한 마기가 중만위군의 벽을 거세게 뒤흔들어 빈틈을 만들어 내면 그 사이로 신기로 만든 이기어검이 날아들어 틈을 크게 벌린다.

신마기가 흩뿌리는 충격파도 대단해서 중마위군이 어떻게

감당할 수 있는 성질의 것도 아니었다.

결국 중마위군은 무성을 어쩌지도 못하고 와르르 무너지고 말았다.

무릎으로 복부를 치고, 손날로 목 뒷덜미를 찍는다.

스르르 팽이처럼 회전을 반복하면서 쭉쭉 나갈 때마다 중마위사들은 너무나 손쉽게 쓰러졌다.

몇몇은 바닥에 주저앉고, 나머지는 튕겨 난다.

곳곳에서 토악질을 하거나 현기증을 호소하는 자들이 속출했다.

하지만 그들 중에서 목숨을 잃은 자들은 없었다.

무성이 손속에 사정을 둔 까닭이었다.

돌파를 선택하면서도 중마위군과 생사결을 벌일 게 아닌 이상에야 최대한 주의를 기울여야만 했다.

문제는 그런 불리한 위치에 있는데도 불구하고 무성은 너무나 손쉽게 중마위군을 쓰러뜨리고 있다는 점이었다.

손과 발이 움직일 때마다 픽픽 쓰러지는 중마위군의 모습은 어찌 보면 정교하게 짜인 극본에 따라 움직이는 경극이 아닐까 하는 착각까지 일게 할 정도였으니.

하지만 그들은 무신련이 자랑하는 중마위군이 맞았다. 십대 무군의 제일 병력이라는 청천기군과 더불어 최고의 군세라 평가받는 그 중마위군이!

단 몇 년 전에 무성이 그들 사이에 갇혀 고생했던 것을 감안한다면 아주 대단한 일이었다.

무성 앞으로 길이 훤하게 드러났다.

그 길 끝에는 보따리를 든 무사가 서 있었다.

쉭!

무사는 뒤늦게 이변을 깨닫고 달아나려 했지만, 무성은 단숨에 간극을 좁혔다.

무사는 왼손으로 보따리를 감싸 안으면서 오른손으로 검을 뽑아 찔렀다.

채챙!

무성은 이기어검으로 녀석의 검을 옆으로 튕겨 냈다.

동시에 손을 뻗었다. 내용물을 확인하기 위해서.

무사는 무성을 떨쳐 버리고자 했지만, 이기어검에 한눈 팔린 나머지 어떻게 할 도리가 없었다. 더구나 무성은 완맥을 잡아 바깥쪽으로 비트는 금나수까지 선보였다. 몸이 뒤로 젖히고 말았다.

무성은 지체하지 않고 왼손으로 보자기 매듭 끝을 잡았다. 검지와 엄지가 아슬아슬하게 닿은 찰나, 갑자기 정수리 위쪽이 찌릿하고 울렸다.

"이놈! 그 손 놓지 못하겠느냐!"

무성은 본능적으로 고개를 들었다.

저 높은 허공에서 무언가가 이리로 떨어지고 있었다.

해를 등지며, 검을 앞으로 뾰족하게 세운 채로. 위불성이었다.

송로일검(松露一劍)!

먹이를 낚아채려는 매를 연상케 하는 움직임이다.

도열해 있던 이기어검이 날아들면서 위불성을 막아선다.

하지만 위불성은 당대 무당제일검답게 너무나 손쉽게 이기어검을 베어 냈다.

송로일검의 속도가 얼마나 빠르던지 한 번 번쩍일 때마다 이기어검은 수수깡처럼 너무 손쉽게 부러져 나갔다.

쐐애애애―액!

정말 눈 깜짝할 사이였다.

송문고검의 끝이 무성의 미간에 다다른 것은.

무성은 이대로 위험하겠다는 생각에 몸을 우측으로 돌리면서 제압했던 무사는 반대쪽으로 밀었다.

덕분에 여전히 보따리를 꼭 끌어안은 무사와 보자기 끈을 잡고 있던 무성이 멀어지면서 매듭이 조금씩 풀어졌다.

아주 간발의 차이로 송문고검이 그 위로 떨어져 매듭이 싹둑 잘려나갔다.

보따리가 풀어지면서 내용물이 아무렇게나 구른다.

'이, 이건!'

내용물을 확인한 순간, 무성은 둔탁한 무언가로 뒤통수를 세게 후려 맞은 듯 정신이 멍했다.

도무지 믿기지 않은 현실에 손발이 오들오들 떨렸다.

"네놈이 한 짓이다."

무성은 정신이 번쩍하고 들었다.

고개를 드니 어느새 위불성이 슬픔과 분노, 자책과 연민이 한가득 섞인 눈동자로 무성을 노려보고 있었다.

"보이느냐? 네가 무슨 짓을 저질렀는지? 믿었던 자에게 철저히 능멸당하고 만 대공자의 모습이 말이다!"

위불성은 내용물을 주워 꼭 끌어안았다.

"난, 난……!"

무성은 무슨 말을 하려 해도 말문이 막힌 나머지 아무런 말도 할 수 없었다.

눈을 꼭 감고 있는 맹인의 머리.

눈물을 흘렸는지 눈가엔 물기 자국이 남아 있다.

저 눈물은 누구를 향한 것이었을까?

"네놈이 한 짓을 고스란히 되돌려 주마! 감히 가당치도 않은 꿈을 꾼 대가를 톡톡히 치러 줄 것이니 기대해도 좋을 게다. 그리고 이건 그 첫 번째 대가다!"

위불성이 무언가를 던졌다.

무성의 발치에 데구루루 구르는 또 다른 수급.

통통하게 오른 살과 푸근한 살집이 인상적이다. 역시나 무
성에게는 익숙한 방효거사의 머리다.

"아아……!"

무성 앞으로 하늘이 무너져 내렸다.

*　　*　　*

"제게서 상공과 사부님을 앗아갔듯이, 저 역시 마라혈붕에
게서 그가 가진 모든 것을 빼앗을 생각이에요."

금태연이 창마에게 계획을 지시하면서 했던 말이다.

영호휘가 무성을 잡아 두는 동안 모든 거사가 이뤄진다.
이유명이 무신을 잡고, 창마가 문인산과 방효거사의 머리를
벤다.

그동안 무신궁을 지키고 있어야 할 삼대 위군은 각자 치밀
한 계획에 따라 운명이 결정된다.

천룡위군은 영호휘의 지시에 따라 치워지고, 백도위군은 황
도삼십일수에 당한다.

평소 외곽에서 대기하고 있어 궁내의 소란을 늦게 접했을
중마위군은 세작을 통해 보낸 문인산의 수급과 잘못된 정보
를 듣고 무성과 부딪친다.

"헤! 확실히 이 정도면 원한은 절반쯤 갚는 셈이 되는군. 기

가 막혀!"

"아뇨. 사실 그 효과는 그리 크지 못할 거예요."

"왜?"

"오해로 충돌을 시켜도 위불성도 바보가 아닌 이상에야 함정에 빠졌다는 걸 금세 깨달을 테니까요."

"그럼?"

"제가 벌고자 하는 건 시간이에요."

"시간?"

"예. 시간."

금태연은 싱그러운 미소를 지었다.

"혼마(混魔)께서 편하게 천마와 무신을 모두 삼키실 시간. 진무성은 혼마께 후식이에요."

혼마.

천마와 무신을 모두 계승한 이유명을 가리키는 그들만의 은어이자 별호다. 이유명 역시 그 단어를 아주 흡족하게 여겼다.

"하하하하! 역시나 문곡의 생각은 깊어요. 제가 숟가락만 들 수 있게 밥상을 모두 차려 주었군요."

이유명은 모든 내용을 전해 듣고 흡족하게 웃었다.

금태연은 이 한 자리에서 모두 끝마칠 참이다.

천마혼의 완성뿐만 아니라, 무신련의 정복까지 전부!

"이렇게까지 해 주는데 한 숟가락이라도 떠야 사람의 도리 겠지요. 하지만 끝까지 그 숟가락을 빼앗으려 드는 사람이 있어서 문제군요."

앞서 무성을 찾아 사라진 홍운재 장로들, 조철산 등을 말함이다.

"그렇다면 그들도 치우면 되지 않겠습니까?"

"하하! 그것도 그러네요."

별반 어려울 것 없다는 투다.

쿵! 쿵!

이유명이 걸음을 옮긴다.

천마혼이 그 뒤를 따르면서 세상이 흔들렸다.

그들이 향하는 곳은 거룡궁.

바로 무성과 중마위군이 있는 장소였다.

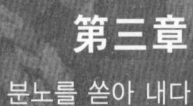

第三章

분노를 쏟아 내다

　무성은 허리를 낮춰 덜덜 떨리는 손길로 방효거사의 수급을
들어 안았다.

　눈물이 왈칵 쏟아진다.

　이대로 울고만 싶었다.

　하지만 마음을 추스를 시간 따윈 없었다.

　위불성은 무성의 머리맡으로 송문고검을 겨누었다. 중마위
군 중에서 무성과 직접 부딪치지 않아 운신이 가능한 자들도
다시 촉각을 곤두세웠다.

　무겁고 눅눅하며 팽팽한 긴장감이 흐른다.

　특히 이미 무성의 무위가 무신 백율과도 어느 정도 눈을 견

줄 수 있을 만큼 대단하다는 것을 몸소 체험한 중마위사들의 긴장은 어느 때보다 컸다.

"······누굽니까?"

무성은 백여 개의 칼날이 자신을 겨누어도 신경 쓰지 않았다. 도리어 여전히 푸근한 미소를 짓는 방효거사의 얼굴을 쓰다듬기만 할 뿐.

"무엇을 말이냐?"

"대공자와 거사님의 수급을 들고 찾아온 사람 말입니다."

"왜 그것이 중요한가? 네놈의 악행이 알려질까 봐?"

무성은 고개를 들었다.

순간, 눈을 마주친 위불성이 움찔 물러섰다.

한 쌍의 귀화가 타오르고 있었다.

세상을 집어삼킬 것 같은 거친 기세로!

"저자로군요."

무성의 귀화는 위불성에게 향하는 것이 아니었다.

그 너머.

위불성이 보호하듯이 뒤편에 있는 녀석. 후들거리는 다리로 바닥에 주저앉아 덜덜 떤다. 무성에게 조소를 흘리던 녀석은 벼락에 맞은 것처럼 몸을 크게 떨었다.

쾅!

무성은 녀석에게로 쇄도했다.

위불성은 태극혜검의 묘리에 따라 송문고검을 원형으로 돌렸다.

부드럽지만 막중한 힘이 검 끝에 실리면서 위에서 아래로 무성을 누르고자 했다.

태극은 부드러움으로 강함을 이기는 유능제강(柔能制剛)의 이치가 극에 달하는 묘리.

당연히 패도적인 힘을 자랑하는 무성을 잡기 위해서는 이것만큼 좋은 것도 없었다.

쉬쉬식!

무성은 붕익신마기를 어느 때보다 활짝 펼치면서 좌수를 꼿꼿하게 세워 송문고검과 맞부딪쳤다.

검은색 마기가 폭죽처럼 쉴 새 없이 터져 나갔다.

쿠쿠쿵!

짓누르는 태극과 이에 반발하는 마기.

팽팽할 것 같던 접전은 너무나 손쉽게 이뤄졌다.

챙강!

송문고검이 수수깡처럼 부러졌다. 강기로 둘러싸여 있는 게 맞나 싶을 정도로 허망하게.

그리고,

"미안하오."

펑!

무성은 연이어 우수로 위불성의 가슴팍을 격타했다.

위불성은 피 화살을 쏟으며 뒤로 튕겨 바닥을 데구루루 구르고 말았다. 그는 피에 젖은 몰골로 다시 일어서려 했다.

하지만 그보다 먼저 무성이 목표 앞에 섰다.

"히이이이익!"

무사는 소스라치게 놀라며 아등바등거렸다.

안색은 창백하게 질렸다. 마치 못 볼 것을 본 사람처럼 엉덩이를 뒤로 물리려 한다. 이미 바지는 요실금으로 축축하게 젖어 있었다.

무성은 녀석을 잡아 대체 어떻게 된 일인지 따지지 않았다.

놈을 잡아 심문하는 것보다 이 두 눈으로 확인하는 게 훨씬 빠를 테니까.

서걱!

무사의 머리통이 허공으로 튀어 오른다.

"향아!"

"이노오오오옴! 감히!"

뒤따라온 중마위사들이 분기탱천하며 달려들었다. 일사불란하게 움직이는 그들은 거대한 진형을 갖췄다.

중천대검진(重天大劍陣)!

하늘마저 무겁게 누른다는 검진이다.

그들을 맞이하는 무성의 눈은 귀화로 번뜩였다.

"비키지 않는다면······."

분명 방금 전까지만 해도 손속에 사정을 두었지만, 이제는 그럴 수 없다.

"······베겠습니다."

주먹을 모아 안쪽으로 잡아당긴다.

붕익신마기가 소용돌이를 그리면서 한 점으로 모여들었다. 신기와 마기가 뒤섞이면서 잿빛으로 물들었다.

무성은 달리는 자세 그대로 주먹을 내질렀다.

쿠르르르─릉!

대기가 떠밀려 난다. 공간이 부서진다.

무지막지한 힘은 중천대검진을 그대로 밀어 버렸다.

백여 명의 무사들은 전부 피를 토하면서 뒤로 쭉 밀려났다.

하지만 그들은 가까스로 균형을 갖췄다.

마치 무성의 전진을 용납하지 않겠다는 듯이.

그러나 그들의 의도는 통하지 않는 것이었으니.

고오오!

대기가 떠밀려나면서 잠시간 진공 상태가 된 공간 안쪽으로 바람이 몰려들었다. 쏟아졌던 강풍이 이번에는 반대 방향으로 방향을 꺾었다.

한데 뭉치고자 하는 강풍은 서로를 밀치면서도 착실하게 반시계 방향의 소용돌이를 형성했다.

콰르르르—르!

그것은 저 머나먼 사막에서나 일어난다는 용권풍이 되었다.

회오리바람은 모든 것을 찢어발겼다.

중천대검진도, 중마위군들도, 위불성도, 모두.

그들은 죄다 피투성이가 된 채로 바닥에 나뒹굴어야만 했다.

몇몇은 사지가 꺾여 고통을 호소하거나, 단 일격에 자신들을 무력화시킨 무성에게 노호를 터뜨리기도 했다.

무성은 그들 위로 훌쩍 지나 용권풍에 몸을 실었다.

다시 한 번 붕익신마기가 거대한 날개처럼 활짝 펼쳐지며 용권풍에 순응한다.

무성은 칠 장이나 되는 용권풍의 꼭대기에 오르는 것으로도 모자라, 허공답보를 하듯이 바람을 내디디며 다시 한 번 어기충소의 수법으로 뛰어올랐다.

그렇게 날아오른 높이가 무려 십이 장!

과연 인간으로서 오를 수 있는 장소가 맞나 의문이 들 정도로 까마득한 높이다.

밑에 있을 때는 그렇게 높아 보이던 모든 전각군들이 손바닥 위에 펼쳐진 것처럼 작게 보였다.

널따란 무신련의 모든 장소가 한눈에 쏙 들어왔다.

엉망이 되어 버린 무신련, 그 전부가.

'이럴 수가……!'

무신련은 너무 어수선했다.

길목 곳곳으로 무사들이 다급하게 달린다.

저마다 병장기들을 패용한 채로 지친 기색이 역력하다. 반대
방향으로 달리는 이들은 등에 저마다 피를 흘리는 부상자들
을 업고 있었다.

성곽 너머에는 폭연으로 보이는 까만 연기들이 날렸다. 간
간히 성곽이 떨리는 것으로 보아 근처에서 화포를 날리는 듯
했다. 그것도 대규모로.

무성은 다급한 마음에 반대쪽으로 눈을 돌렸다.

무신궁이 있던 자리는…… 이미 폐허가 되어 있었다.

끝을 모르고 높다랗게 서 있어야 할 마천루는 죄다 무너져
내렸다. 빽빽하게 늘어서서 진한 녹음을 자랑하던 나무들은
모두 모가지가 꺾였다.

곳곳에는 발자국 같은 것들이 많이 남아 있었다.

마치 거인이 짓밟고 지나간 듯, 무신궁이 있던 자리에 제대
로 남아 있는 것은 아무것도 없었다.

그리고 그 위.

새카만 무언가가 우두커니 서 있었다.

마치 현무암으로 만든 탑처럼 보이기도 한 그것은 자세히
보면 탱화에서나 볼 법한 아수라와 생김새가 크게 다르지 않

았다.

두 개의 머리와 여섯 개의 팔. 두 다리로 굳건하게 선 녀석은 어디론가 흐느적흐느적 걸음을 옮기다 갑자기 이쪽으로 고개를 돌렸다.

거인의 눈과 무성의 눈이 마주쳤다.

씨익!

거인의 입꼬리가 살짝 올라갔다.

"……!"

피부가 따끔거린다.

분명 상당한 거리가 떨어져 있는데도 불구하고 보이지 않는 기운이 몸을 짓누르는 것 같다. 아니, 포승줄로 칭칭 감은 것처럼 심장이 갑갑하다.

특히나,

징, 징, 징—!

단전, 정확하게는 마령주가 거슬렸다.

녀석은 따로 내공을 운기하지 않았는데도 불구하고 계속 울어 댔다.

주화입마에 빠진 것이 아닐까 싶을 정도로 마기가 계속 쏟아졌다. 만약 금구환이 기맥을 보듬어 주지 않았더라면 곤욕을 치렀을지도 모를 만큼 마령주의 반응은 격했다.

거인은 금세 무성에게 흥미를 잃은 듯 다시 고개를 앞쪽으로 돌린다.

쿵, 쿵.

걸을 때마다 미약하게 땅이 흔들릴 정도의 거구를 움직인다. 녀석이 향하는 곳은 이곳인 듯했다

무성은 다시 한 번 더 허공을 내디디며 아래로 떨어지는 몸을 위로 올렸다.

이번에는 십오 장까지 올라서 영통안을 활짝 열었다.

'저게 뭔지 정확하게 확인해야 해.'

마령주가 흔들린다?

이건 절대 쉽게 보아서는 안 될 일이었다.

무성은 다급한 마음에 모든 의념을 거인 한곳에다 쏟았다.

시간이 느려진다.

세상 곳곳에 박힌 단층이 드러나며 거인의 존재를 드러낸다.

그 결과 나타난 것은,

'없어?'

거인은 새카맣기만 할 뿐, 아무것도 없었다.

무결(無缺).

세상에 이런 게 가능할까?

아니, 딱 한 명 보긴 했었다.

'무신!'

이제야 붕익신마기라는 날개를 얻어 날아 보려고 하는 무성에게도 여전히 까마득한 절벽 같았던 무신, 그와 동급인 자라니.

아니, 분명 무신이 있을 무신궁에서 저런 게 나타났다는 의미는 하나다.

무신이 당한 것이다……

"아냐. 그럴 리가 없어."

무성은 이를 악물었다.

무신이 당한다고? 천하제일인 그가? 아니, 고금을 통틀어 손꼽히는 그가? 인간 같지 않은 그가? 자신에게 하늘을 보여주겠다고 소리치던 그가?

이 두 눈으로 확인하기 전까지 믿을 수 없다.

녀석을 봐야 한다.

어떤 녀석인지, 대체 어디서 나타났는지, 정체가 무엇인지 알아야 했다.

두렵다는 생각 따윈 들지 않았다.

진정 두려운 것은 스승 같았던 무신이 허망하게 쓰러졌을지도 모른다는 사실이었다.

더군다나 잠시간 눈을 마주친 동안 녀석은 말했다.

올 수 있으면 오라고.

진실을 알고 싶다면 자신을 찾으라고!

무성은 이를 악물었다.

여전히 밖으로 나가려고 징징 대는 마령주를 마음대로 하라며 풀어 주었다.

마기가 단숨에 사지백해로 뻗치며 묵직한 힘이 몸 곳곳에 실렸다. 기맥과 혈도가 다치는 것이 아닐까 하는 생각이 들 정도였다.

순식간에 대주천을 몇 바퀴고 돌면서 웅장해진 마기는 끝내 용천혈로 내려왔다.

콰아아─앙!

무성은 마기를 터뜨리며 생긴 반동력으로 몸을 날렸다.

목표는 거인.

쾅! 쾅! 쾅! 쾅!

한 걸음 한 걸음을 내디딜 때마다 압축된 마기가 연신 터져 나간다. 마기는 신기보다 더 큰 파괴력을 자랑한다. 당연히 반동력도 커서 다리를 놀릴 때마다 몇 장씩 훅훅 지났다.

물론 무성이 받은 피해도 만만치 않았다.

거듭되는 폭발을 이기지 못하고 용천혈과 발바닥이 헐거워졌다. 그때마다 찌릿한 통증이 느껴졌지만, 다행히 신기가 상처를 치유하면서 완화되었다.

덕분에 무성은 빙판 위를 미끄러지듯이 단숨에 허공을 주파, 긴 궤적을 그리며 어느덧 거인 앞까지 당도할 수 있었다.

거인은 멀리서 보던 것보다 훨씬 크고 위압감이 대단했다. 신화 속에 존재하는 아수라가 굽어다 보는 듯한 기분이다.

하지만 무성의 눈길을 끄는 이들은 따로 있었다.

"당신들이었나?"

으르렁거리듯이 분노하는 그를 향해 이유명이 반갑게 손을 들어 인사했다.

"호오, 마침 이쪽에서 만나러 가던 참이었는데 이렇게 만나게 되다니. 거참, 우리는 아주 잘 어울리는 운명인가 봐?"

화르릭!

무성의 눈이 다른 어느 때보다 차갑게 타올랐다.

적을 향한 분노로!

"주군!"

창마가 고개를 조아린다.

그는 야별성의 고수들 중에서 무성에 대한 분노가 가장 크다.

이따금 후회한 적도 있었다.

'그때 만약 무리를 해서라도 제거를 했더라면!'

처음 무성과 만났을 때. 당시엔 금태연을 구조하는 데 집중한 나머지 신경 쓸 겨를이 없어서 차후를 기약하며 물러났다.

하지만 당시의 결정을 두고두고 후회하게 될 줄은 꿈에도 몰랐다.

"예. 다녀오도록 하세요."

창마는 허락이 떨어지자마자 애병인 마수창(魔獸槍)을 쥐고 거세게 땅을 박찼다.

쾅!

화탄처럼 날아오른 그는 빠른 속도로 쇄도했다.

"여기서 만나게 되는구나!"

상대는 지난 수십 년간 야별성이 음지에서 겨우겨우 쌓아 올린 모든 것들을 단번에 무너뜨린 자다.

가능하다면 여기서 제거를 해야만 했다!

휘리릭!

마수창이 마구 회전을 시작하면서 막대한 풍압이 안쪽으로 몰려들기 시작했다.

풍왕십이결이다.

과거 창마로 하여금 무신과 견줄 정도의 힘을 가져다주게 해 주었던 힘!

입신을 엿보는 그가, 이유명과 흉망을 제외하면 야별성 내 에서도 최강으로 만들어 주게 한 그 힘이다. 제세칠성 중 무곡 이란 자리는 결코 허투루 딴 것이 아니었다.

쾃드드드─득!

마수창과 막대한 풍압이 부딪친다.

풍압은 마수창을 꺾기 위해, 마수창은 풍압을 부수기 위해 서로 울부짖는다.

이대로 세상이 비틀어지는 게 아닐까 하는 끔찍한 소음과 함께 마수창은 서서히 거대한 몸집을 드러냈다.

삼 장이 넘는 길이의 바람을 휘몰아치며 앞으로 질주하는 마수창은 그야말로 신화 속에나 나타날 마수(魔獸)가 따로 없었다.

풍수(風獸)!

풍왕십이결의 비기와 함께 짐승은 무성을 물어뜯기 위해 잔혹한 송곳니를 잔뜩 드러냈다.

창마는 믿어 의심치 않았다.

이것으로 마라혈붕과 야별성의 지독한 악연은 끝날 것이라고 말이다.

하지만,

"비켜."

무성은 싸늘한 목소리와 함께 붕익신마기의 위용을 한껏 더 드러냈다.

좌우로 넓게 펼쳐진 한 쌍의 날개 길이는 무려 오 장!

우수의 손날을 잔뜩 세워 허공을 사선으로 비스듬히 내긋자, 거대한 날개가 크게 펄럭거리면서 풍수의 아가리를 그대로 찢어 버렸다.

아니, 풍수와 창마 그 자체를 단칼에 베었다.

공간을 도려냈다.

낙일도!

초왕부에서 해남검제 모용경이 무성에게 보여주었던 바로
그 절기였다.

스걱!

"이, 이럴 수가……!"

창마의 눈동자가 흔들린다.

한 줄기 바람이 분다 싶더니, 무성은 그를 아무렇지 않게 지
나쳤다.

자신 따윈 눈에 차지 않는다는 듯.

"그런가?"

창마는 저도 모르게 쓰게 웃었다.

무신이 죽고 이유명이 일어났듯, 자신이 섰던 자리도 어느덧
무성에게 양보를 했던 것이다.

시대는 이미 새로운 이들의 것이었다.

창마의 의식은 거기서 끝났다.

창마의 상하체가 분리되며 허공에 흩뿌려진다.

"무곡!"

무성을 손쉽게 제거할 수 있을 거라 믿었던 이유명 역시 경

악에 잠기고 말았다.

창마 단충시는 한평생 야별성에 충성했던 신도다.

그런 그가 이렇게 너무 허망하게 가서는 안 되는 것이었다!

"크크크크크! 재미난 먹이다! 재미있겠어!"

그때 이유명이 뭐라고 하기도 전에 흉망이 기괴한 웃음을 터뜨리며 무성에게로 달려들었다.

쾅!

'강하다!'

무성은 창마를 단칼에 벨 정도로 성장했지만, 흉망은 절대 쉽게 볼 수가 없었다.

츠츠츠!

음습한 귀신의 살기.

분명 인간이 절대 가질 수 없는 기운이다.

이 기운은 분명 초왕부에서도 느낀 적이 있었다.

당시 종남의 구양자는 녀석을 쫓아 북해까지 갈 것이라고 말했었다.

그런 그가 어떻게 여기에 있는 걸까?

의문은 잠시.

녀석 역시 앞길을 가로막는다면,

'벤다!'

무성은 다른 어느 때보다 금구환과 마령주를 거세게 충돌시켰다.

지이이아—잉!

이대로 부서지는 것이 아닐까 하는 충격과 함께 엄청난 양의 기운이 봇물처럼 솟아났다. 무성으로서도 감당할 수 있을까 의문이 들 수 있을 정도로 엄청났다.

무성은 그것을 하나도 아끼지 않고 모두 오른쪽 장심으로 쏟아부었다.

손바닥이 점점 크기를 더해 가더니 곧 흉망을 덮쳤다.

혈수인!

역시나 초왕부에서 혈법존자가 보여주었던 절기다.

포달랍궁의 대수인을 빼앗아 혈룡법기강을 더해 만들었던 절기.

"키키키키킥! 역시나 넌 재미난 놈이었어! 그렇지 않아도 다른 칠성 놈들과 싸워 보고 싶어서 안달이 났었는데 네가 그 소원을 이뤄 주는구나!"

흉망은 죽은 혈법존자가 다시 돌아온 것 같은 기분에 흡족하게 웃었다.

등 뒤로 나타난 공간이 까맣게 물든다.

새카만 바다에 파도가 출렁거리는 것처럼 수십 개의 굴곡이 일었다.

뽀글뽀글 튀어 올라온 포말을 부수고 수십 마리의 귀영강시
들이 튀어나오면서 기괴한 울음을 터뜨렸다.

까아아아아! 키드드드득!

마치 그 모습이 지옥문을 열고 튀어나온 망령들 같다.

혈수인과 귀영강시들이 부딪친다.

불그스름한 용의 형태를 한 강기는 크게 몸부림을 치면서
상당수의 귀영강시들을 한데 후려쳤다.

퍼퍼퍽! 하는 소리와 함께 귀영강시들이 피떡이 되어 지상으
로 추락하는 동안, 무성은 이기어검을 최대한 뽑을 수 있을 데
까지 뽑아 단숨에 터뜨렸다.

파산검훼!

퍼퍼퍼퍼퍼—펑!

수백 수천 개의 검편이 소나기처럼 쏟아진다.

귀영강시들은 어떻게 대응할 방안이 없었다.

튕겨 내기 위해 주먹을 휘두르면 검편이 폭발해 그들을 집어
삼킨다. 마기를 뿌려 걷어내려 해도 역시나 잘게 부서지면서 구
멍을 숭숭 뚫어 그들을 타격한다.

그나마 다행이라면 본능만 남아 있어 공포를 느끼지 못한
다는 것이었고, 몸이 강시라 단단하다는 점이었다.

하지만 무신궁의 연회장에서 홍운재와 여러 고수들을 쓸어
버리던 귀영강시의 위용으로서는, 너무나 허망한 것이 아닐까

하는 생각이 들 정도로 마지막이 허무했다.

후두둑!

끈적끈적한 핏물과 살점이 비처럼 쏟아진다. 부시독이 떨어지면서 땅이 시커먼 사지가 되었다.

무성은 다시 한 번 용천혈에 마기를 집약해 폭발, 부시독이 흩뿌려지는 핏물 사이를 관통하면서 그대로 흉망을 들이박았다.

어깨를 곧추세워 녀석의 명치를 찍는다.

쾅!

"컥!"

흉망은 이렇게 너무 허망하게 당할 줄 꿈에도 몰랐던지 크게 놀랐다.

뒤늦게 막아 보려 해도 이미 그는 무성에게 휩쓸려 땅바닥으로 추락하고 있었다. 경맥을 타고 들어온 침투경이 심장을 완전히 부숴 놓고 말았다.

의식이 끊어지며 둔탁한 땅이 그를 맞았다.

쿵!

흉망은 한참이나 땅을 뚫고 들어간 채로 자취를 감췄다.

그 위로 시커먼 먼지구름이 치솟았다.

그사이 무성이 이유명 앞에 착지했다.

＊　　　＊　　　＊

'무곡과 파군이 둘 다 당해?'

이유명은 아랫입술을 깨물었다.

'나의 실책이다. 문곡의 말을 진즉에 들었어야 했어.'

금태연은 누누이 당부했다.

마라혈붕을 조심하라고.

그때는 단순하게 여겼다.

하지만 그건 실수였다.

'그래. 실수지.'

이유명은 그동안 강호의 일에 전혀 개입을 하지 않았다. 관심도 두지 않았고 신경 쓰지도 않았다.

천마혼을 받아들이고 부활시키는 데 집중을 다하고 있었던 탓이었다.

만약 야별성이 이토록 허무하게 무너지지 않았더라면 천마혼의 마지막 인격도 깨웠을지도 모르는 일이다.

그런데도 이리 다급하게 쫓기듯이 나서야 했던 이유.

도박을 해야만 했던 이유는 바로 진무성 때문이었다.

하지만 이런 사실은 머릿속으로만 알고 있을 뿐, 가슴으로 느낀 적은 없었다.

그런데 이제야 비로소 알겠다.

'제아무리 정교하게 짜인 계획이라 해도, 무(武)로서 능히 계(計)를 깨뜨린다. 진짜 무인이란 건가?'

진짜 무인.

언젠가 강호를 꿈꾸던 이유명이 바라마지 않던 영웅상이 눈앞에 있다.

그러나 어쩌겠는가.

상대의 운명은 이미 결정 난 것을.

이유명은 무성에게로 가만히 손을 뻗었다.

"어차피 지금이 지나면 모두 끝날 테지만."

스르르!

이유명이 천천히 천마혼으로 녹아든다.

그리고 이어지는 포효!

크오오오오!

마치 이 땅이 자신의 영역이라고 선포라도 하듯이 거칠게 울음을 터뜨린다.

얼마나 소리가 큰지 숲이 다 떨리고 땅이 흔들릴 정도였다.

천마혼이 아래로 눈을 내린다. 두 개의 머리에 달린 네 개의 눈이 광망을 터뜨렸다. 지옥불을 옮겨 담은 것처럼 시퍼렇게 타오른다.

'온다!'

무성은 공격에 대비해 금구환과 마령주에 잔뜩 의념을 집중시켰다. 언제라도 두 개를 충돌시켜 단숨에 천마혼을 베어 버릴 참이었다.

물론 그것이 불가능하다는 건 잘 안다.

상대는 무신을 잡아먹고 천마와 합치된 괴물.

아직 깨달음이 부족한 자신이 당해 낼까 싶었지만 그래도 맞부딪쳐야만 했다.

하지만,

『내게로 돌아오라, 마령주여.』

갑자기 천마혼의 사념이 머릿속으로 쏟아진다.

"뭐?"

무슨 뜻인지 몰라 반문하는 그때,

퍼걱!

몸 한쪽 구석에서 부서지는 소리가 들린다.

마령주가…… 부서지고 있었다!

파아아아!

그것은 정말 순식간이었다.

제아무리 금구환과 몇 번이고 부딪쳐도 절대 깨지지 않고 도리어 반발을 하던 마령주는 천마혼이 내린 명령 한 번에 잘게 부서졌다.

수천수만 개의 조각으로 떨어져 나간 기운은 단숨에 기맥과

세맥을 밀치고 나가 모공 밖으로 쏟아졌다.

그야말로 노도(怒濤).

거센 풍랑과 해일이 된 마기는 무성이 어떻게 걷잡을 새도 없이 움직였다. 그 와중에 단전에 같이 자리를 잡았던 금구환도 함께 휩쓸리고 말았다.

"큭!"

무성의 한쪽 무릎이 지면을 찍었다.

어떻게든 누르고자 하지만 제자리로 돌아가려는 마령주를 억누르지 못했다.

입술을 따라 피가 흘러내렸다.

『과거 천마는 재림할 때만을 기다리며 대라종이라는 자신의 흔적을 남기는 한편, 따로 육체의 정화인 마령주를 남기는 안배를 두었다. 자신이 새로이 차지하고 들 완벽한 육신을 얻기 위한 계책이었지.』

마기는 신기를 밀어내지 않았다. 대신에 융화를 택했다. 덕분에 마령주와 금구환은 한데 뒤섞이면서 거대한 하나의 영(靈)으로 변하기 시작했다.

『녹존, 적룡마제는 마령주를 이용해 그대의 정화를 모두 앗아 가려다 빼앗겼지. 하지만 난 아무래도 상관없었다. 녹존이 이기든 네가 이기든 간에 결국 너희들의 모든 것은 내게로 귀속될 예정이었으니.』

영이 무성의 육신을 벗어나려 발버둥 치기 시작했다.

천천히. 아주 서서히.

『마령주는 백(魄). 반면에 천마혼은 혼(魂). 백이 혼을 따르는 것은 당연한 일이니. 내게로 오라, 마라혈붕이여. 그대를 위해 마지막 자리를 준비해 두었노라.』

무성은 이를 악물며 고개를 들었다. 핏대가 서서 붉게 충혈된 시야로 목만 덩그러니 남은 채 아무것도 없는 좌측 머리가 보였다. 저곳에다 마령주를 심으려는 것이다.

중앙은 천마혼을 삼킨 이유명의 것으로 보인다.

그렇다면 우측은…… 누군지 알 것 같다.

'그곳에 계셨군요.'

말없이 잔뜩 일그러진 얼굴. 하지만 그 속에 숨겨진 슬픈 기색이 엿보인다.

가아아!

그사이 영체는 무성의 육신을 완전히 벗어나 허공으로 부유하기 시작했다.

마령주, 금구환, 심지어 무성이 혼명으로 쌓은 모든 공력까지 흡수한 영체는 서서히 어떤 형상을 갖추기 시작했다.

그건 새였다.

장정 다섯을 합친 것보다 더 큰 새.

매를 닮은 하얀 머리와 부리, 하늘을 덮을 것 같이 넓은 날

개, 뾰족한 발톱. 깃털은 금빛으로 반짝인다.

『이것이 바로 그대의 혼백이로군. 신조라!』

일찍이 혈법존자는 무성을 가리켜 가루라라고 일컬은 적이 있었다. 높은 수양을 쌓아 진실을 엿보는 그이기에 무성이 영혼 속에 담은 모습을 읽은 것이다.

가루라의 형상을 띤 영체는 마치 살아 있는 생명처럼 거칠게 날갯짓을 하며 비상을 시도했다.

무성은 무겁게 축 가라앉은 몸으로, 허탈한 심정으로 가루라를 바라보아야만 했다.

'끝났다.'

천마혼의 속에서 이유명은 마지막을 짐작했다.

앞으로 쭉 뻗은 손길로 가루라가 날아온다. 이것만 흡수된다면 천마의 유진을 독차지하게 되는 것이다. 덤으로 마라혈붕의 모든 것까지.

이때를 얼마나 고대하고 또 기다렸던가?

이제야 드디어 천 년의 세월을 뛰어넘어 마침내 밀천의 시대가 도래하게 된 것이다!

바로 그때였다.

전혀 뜻하지도 않은 불청객이 난입한 것은.

"물러나라, 무성아!"

콰르르르―릉!

거대한 돌풍이 불어 닥치더니 천마혼과 무성 사이를 가로질렀다.

무성을 짓누르려던 손은 그대로 박살 나 마기가 폭죽처럼 터져 나갔다.

"석 군주님?"

저 만치 멀리서 석대룡이 이를 악물고서 직배도를 휘두르고 있었다.

그뿐만이 아니었다.

스르르!

빨려 들어갈 뻔했던 영체가 힘을 잃고 다시 무성의 체내로 가라앉았다.

그 틈을 타서 천리비영이 별안간 나타나 무성의 허리를 낚아챘다.

쐐애애애애―액!

마치 석궁에서 발사된 화살처럼 천리비영은 무성이 무슨 말을 할 새도 없이 빠르게 자리를 벗어났다.

『감히!』

천마혼은 거친 노호를 터뜨리면서 다른 팔들을 크게 내뻗었다.

다섯 개의 팔들은 끝을 모르고 쭉쭉 늘어나 가시처럼 무성

과 천리비영의 뒤를 노렸다. 촉수가 아슬아슬하게 그녀의 등
을 노리려 했다.

"비영!"

"걱정 마."

천리비영의 말이 끝나기 무섭게,

"당연하지!"

"여긴 우리가 맡을 테니 어서 달아나."

조철산과 고황이 나타났다.

두 사람은 촉수를 향해 공력을 터뜨렸다.

쌍룡쟁투와 참광도풍.

두 개의 절기에서 폭사된 강기 세례는 팔들을 허공에서 모
조리 격추시켰다.

콰콰콰쾅!

거친 폭발이 뒤를 따른다.

하지만 갈기갈기 찢겨진 마기 조각들은 다시 서로 연결되어
두 사람을 후려친다.

팽팽한 접전이 이어진다.

'장로님들······!'

무성은 안다.

지금은 당장 팽팽한 접전으로 보여도 결국 끝은 이유명의
승리라는 것을.

제아무리 신주삼십육성에 해당하는 그들이라 할지라도 이미 경지에 다다른 이유명을 당해 내기 힘들다는 것을.

저들은 제 목숨을 던져 시간을 벌어 주려 하고 있었다.

거기다 대고 하지 말라는 말은 차마 할 수 없었다.

단순히 갑자기 살고 싶어졌다거나 하는 것은 아니다. 분명 방금 전까지 무성도 이란격석이란 걸 알면서도 천마혼과 당적하려 했으니.

무성은 석대룡 등에서 미소를 보았다.

제 목숨을 초개 같이 던져 무성을 지키는 데 추호의 망설임도 없었다. 이것만이 자신들이 할 수 있는 유일한 길이라는 것을 알고 즐겁게 임하려 했다.

"울지 마."

천리비영이 차가운 어투로 말했다.

"너의 눈물은 우리를 무시하는 것과 똑같으니까."

"......."

무성은 그제야 자신이 울고 있다는 사실을 깨닫고 손등으로 눈매를 훔쳤다.

"너는 살아남아야 해. 우리가 택했으니까. 다른 반론이나 불만 따윈 듣지 않겠어. 어깨가 무겁다고 해도 상관없어. 넌 해내야만 해."

"......예."

"좋아. 좋은 자세야. 그래야 무신의 후예답지."

"……"

무신의 후예.

처음으로 들은 말에 무성은 가슴이 무겁게 내려앉는 것 같았다.

그렇게 얼마나 지났을까?

"……해내겠습니다."

"그래."

"무신의 뜻을, 홍운재의 꿈을 꾸겠습니다."

그때서야 복면 너머로 딱딱하던 천리비영의 눈매가 호선을 그렸다.

"그래. 그 뜻, 절대 잊지 마."

착!

그때 갑자기 천리비영이 경공술을 그쳤다.

"비영?"

무성이 영문을 몰라 반문하려는 찰나, 천리비영이 그를 바닥에 내려놓았다.

"가."

천리비영은 무성의 어깨를 뒤로 밀었다.

그리고 뒤도 돌아보지 않고 달려왔던 것과 반대 방향으로 몸을 날렸다.

저 멀리 촉수가 날아오고 있었다. 비수를 던지는 것과 동시에 퍼퍼펑 폭발 소리가 뒤따랐다.

무성은 이를 악물고 뒤로 돌아섰다.

여기선 물러나야 했다.

장로들이 목숨을 던져 만든 기회다.

다음을 노려야만 했다.

다음에. 반드시 다음에 저들과 만났을 때는 지금처럼 도망치지 않으리라.

그렇게 걸음을 내디디려 했다.

하지만,

쿵!

갑자기 심장이 크게 내려앉았다.

"······어?"

무성은 저도 모르게 한쪽 무릎을 지면에 찍었다.

몸을 움직이고 싶었지만 움직여지지 않았다. 마치 묵직한 무언가가 어깨에 놓인 것처럼.

쿵! 쿵! 쿵!

심장이 세게 발작한다. 단전이 울린다. 기혈이 들끓으며 경맥이 뒤집힌다.

"우웨에에에에엑!"

무성은 땅을 부여잡고 헛구역질을 했다. 토사물이 한가득 쏟아졌다.

'왜 하필이면 지금!'

주화입마다.

마령주와 금구환. 서로 상반된 두 기운은 자주 충돌을 벌여도 무성의 주관 아래에 조금씩 녹아내렸다.

하지만 천마혼이 손을 대는 순간 상황은 역전되었다.

두 내단은 하나로 섞여 덩어리를 형성했다.

당연히 무성이 제어할 수 있을 리 만무하다.

마기도 신기도 되지 못한 제 삼의 기운은 무성의 목을 옥죄었다.

눈에 핏대가 서며 칠공으로 피가 흘렀다.

"쯧! 도망쳐도 이게 전부라니."

그때 머리맡에서 목소리가 들렸다.

'설마, 벌써?'

심장이 덜컥 내려앉는 느낌에 고개를 들었다. 붉게 충혈되어 피눈물이 흘러내리는 두 눈은 절대 이곳에 있어서는 안 될 자를 비추었다.

"우리 야별성을 그렇게 괴롭혔다는 마라혈봉 치고는 너무 약한데 그래?"

이유명이 차갑게 웃었다. 그의 등 뒤로 흑색 촉수가 아지랑이처럼 일렁거렸다.

무성이 무어라 대답하기도 전에,

콰직!

촉수는 단숨에 아가리를 젖히며 무성을 잡아먹었다.

第四章

다섯 번째 제자

어둠이 내려앉는다.

—키드드득. 키드드득.

—캬캬캬캬캬! 새로운 놈이다! 새로운 놈!

—뭐지? 저건?

—알게 뭐야. 어차피 곧 우리랑 같은 꼴이 될 텐데.

—간만에 먹이가 많아지는군. 좋아. 좋아.

시끄럽다. 어지럽다.

누가 저들을 조용히 좀 해 줬으면 좋겠다.

잠깐.

시끄럽다고?

뭐가 시끄럽다는 거지? 여긴 아무것도 없는데?

아니, 애초에 어떻게 들을 수 있는 거지?

아니다.

듣는다는 게 뭐지?

그리고 여기가 어디야?

난 누구고?

*   *   *

이유명은 천천히 걸음을 옮기며 처음 무성과 만났던 자리, 네 장로들과 격전을 치렀던 장소로 돌아왔다.

홍운재 장로들은 꽤나 끈질겼다.

무신궁의 마지막 남은 생존자들답게 저항 또한 만만치 않았다. 천마혼의 여덟 팔 중 다섯 개가 회생이 불가능해질 정도로 마기가 소모되었으니.

"지금은 내게 사이좋게 나란히 먹혔지만."

천마혼은 기운을 가리지 않는다.

한때 강호에서 가장 극악한 마공으로 유명했던 흡성대법(吸星大法) 따위는 비교도 안 된다. 상대의 육체와 영혼까지 기운으로 바꾸어 흡수하는 것이 천마갈혼공(天魔渴魂功)이다.

그렇게 갈혼공으로 섭취한 영혼과 기운은 천마혼에 계속

누적되어 전래되었다.

그렇게 계속 이어진 시기가 무려 천 년.

당연히 천마혼 자체가 가진 내용물의 크기는 상상을 초월한다.

"그렇게 했어도 천마는 깨어나지 못했지. 얼마나 욕심이 많은지 모르겠어. 후후후후!"

이제 천마혼의 주인은 천마가 아니다. 이유명, 자신이다.

수만 명, 아니, 어쩌면 수십만 명이 될지도 모르는 영혼의 군체(群體). 그것을 통솔하고 다룰 자격은 오로지 그에게만 있다.

"무곡과 파군 역시 제게로 깃드십시오. 두 분은 이제부터 그냥 단순한 신도가 아닌 천마의 일부가 되어 지난 천 년의 염원을 이루는 겁니다."

이유명은 자세를 숙여 두 개로 나뉜 창마의 시신에다가 손을 가져다 댔다.

이미 창마는 눈을 감은 지 오래지만, 아직 세상에 미련이 남아 있어 영혼만큼은 주변을 배회하는 중이었다.

스스스!

공력을 운기하자 발이 딛고 있던 땅이 까맣게 물든다.

마치 화선지에다 먹물을 떨어뜨린 것처럼 새카만 그림자가 크기를 확장하며 촉수가 하나둘씩 올라왔다.

아지랑이처럼 몸을 살랑살랑 흔들어 대던 녀석들은 창마의 시신을 똘똘 묶어 조금씩 그림자에 녹였다.

더불어 이유명의 머릿속으로 정보들이 쏙쏙 박혔다.

창마가 살아왔던 생애, 집념, 신실한 마음, 그가 단련한 무공이며 심득까지.

"하아……!"

이유명은 찌릿한 기분을 한껏 만끽하면서 몸을 움찔움찔 떨었다.

이때의 기분.

잡아먹은 상대가 완전히 녹아들었을 때의 쾌감은 이루 말로 표현할 수가 없다. 단순히 미녀를 안았을 때보다도 더한 쾌감이다.

이유명은 싱긋 웃으며 자리에서 일어나 손을 뻗었다.

바닥에 널브러져 있던 마수창이 그의 손아귀로 빨려 들어갔다.

웅, 웅, 웅—!

마수창은 마치 오랜만에 주인을 만난 고양이처럼 길게 울음을 토해 냈다.

마수창은 마병이다. 주인을 가린다.

그런데도 이유명을 받아들인 이유는 딱 하나.

그에게서 전 주인의 냄새를 맡았기 때문이다.

마수창의 공명이 길어질수록 창마를 상징했던 풍왕십이결의 구결도 속속들이 박혔다.

단순히 아는 정도가 아니다.

세세한 구성을 떠나 이해도까지 완벽하다. 변초의 응용과 창마만이 따로 깨달았던 사용법, 심지어 어렴풋이 짐작은 하고 있어도 따로 정리해 둔 바가 없던 바들까지 확실히 정립되었다.

당장 이 마수창을 다룬다면 생전 창마보다도 더 뛰어난 창술 실력을 선보일 수 있으리라.

이유명은 흡족한 미소를 띠며 마지막 남은 흉망에게까지 손을 뻗었다.

흑색 촉수는 흉망의 시신도 돌돌 말아 천천히 녹였다.

"하하하하하하!"

이유명은 하늘을 보며 앙천대소를 터뜨렸다.

그는 세상에 무서울 것이 없었다.

*   *   *

─저놈, 안 녹아.

─그러게. 왜 안 녹지?

─키드드드드득! 당연히 버티는 거지. 뭘 물어?

—하긴 금방 녹아들 테지.

—저놈이라고 우리와 다를까.

—포기해. 그럼 편해.

—그래. 편해져. 우리랑 놀자.

악마들처럼 달콤하게 속삭이는 녀석들.

하지만 그는 버텼다.

무너지지 않아.

절대로.

……하지만 왜 무너지면 안 되는 건지 모르겠다.

                    *   *   *

"으음. 골치가 아픈 놈이로군."

이유명은 웃다 말고 인상을 찡그렸다.

갑자기 머리가 지끈거린다.

그놈이다.

진무성.

"죽기 전에도 머리를 아프게 하던 놈이 죽어서까지 골치를
썩게 하는군."

무신 백율조차 천마혼에 녹아들었을 때에는 별다른 반발
이 없었다. 아주 조용하고 급속도로 녹아들었다.

하지만 이놈은 다르다.

녹아들지 않는다.

마치 생선 잔뼈가 식도에 걸린 것처럼 갑갑하다.

녹여 보려 애를 써도 쉽사리 따르질 않는다.

그래도 다행이라면 정말 느린 속도지만 천천히 녹아들고는 있다는 것. 그리고 반발이 없다는 정도였다. 시간이 흐르면 저절로 나아질 터였다.

"그래도 마령주를 완전히 갖고 와야 천마혼이 완성되는데. 흐음!"

삼십여 년 전의 천마가 무신에게 패배를 했던 이유는 딱 한가지다.

불완전해서였다.

구천마종에서 마령주를 발굴하고도 정체를 깨닫지 못해 홀대하고 있을 때였다.

다행히 녀석들은 뒤늦게나마 마령주의 정체를 깨닫고 어떤 계획에 착수했다.

야별성에서는 굳이 개입하지 않고 방관했다. 자신들도 마령주에 내제된 마성이 너무 짙어 다루기가 힘들었기에 잠시간 지켜보자고 의견을 모았던 것이다.

어차피 나중에라도 빼앗으면 그만이지 않은가.

그런데 그 마령주가 뜻밖에도 무성에게로 흘러가 버렸다.

그러니 이유명으로서는 다급할 수밖에 없었다.

마지막 고지가 바로 눈앞에 있는데.

뜻하지 않은 데서 발목이 잡혀 오르질 못하고 있으니.

"우선 이곳부터 끝마치고 정리해야겠어."

이유명은 안 되는 것을 억지로 물고 늘어지지 않고 무신련 쪽으로 시선을 돌렸다.

놈들에게 진정한 신이 누군지를 똑똑히 가르쳐 줘야만 했다.

"가자꾸나."

웅, 웅!

마수창의 울음소리와 함께 이유명은 무신련 쪽으로 몸을 날렸다.

*　　*　　*

힘들다.

가장 먼저 그 생각이 바로 든다.

영혼을 옥죄어 오는 어떤 것들이 숨을 막히게 한다. 절대 쉴 수 없게 한다. 고통스럽게 한다. 어디에다가 하소연도 할 수 없고, 심지어 비명을 지를 수조차 없다.

지옥이다.

이곳은.

그래서 그의 의식도 점점 무뎌져 갔다.

왜 이렇게 있어야 하는 거지?

왜 버텨야만 하는 걸까?

왜 무너지면 안 되는 거지?

그렇게 하면 훨씬 편해질 수 있는데?

그래.

편해지자.

굳이 이렇게 괴로워 할 필요가 있겠어?

쉬운 길이 있는데 왜 어려운 길을 택해야 하는 건데?

—맞아. 맞아. 따라와.

—포기해. 포기하면 편해. 우리랑 놀자. 이리로 와.

—이리 와. 이리 와. 이리 와.

응. 그쪽으로 갈게.

서서히 의식이 어둠 속으로 파묻히려는 찰나였다.

"우리 성아는 커서 뭐가 되고 싶니?"

갑자기 어디선가 울리는 외침.

누구야?

누가 말하고 있는 거야?

"나에게 처음으로 손길을 내밀어 준 조카를 돕는 게 뭐가 이상하겠나?"

누군가가 웃으며 말을 건넨다.
그리웠던…… 목소리다.

"몇 냥인가, 자네는?"

이건 돌아올 수 없는 목소리다.

"꽃을 좋아하는 사람 중에 심성이 나쁜 사람은 없는 법이니까. 자네 역시 그렇게 생각하지 않나?"

다시는 보고 싶어도 들을 수 없는 목소리.
아니, 목소리'들'.
그것은 절대 잊을 수도 없고, 잊어서는 안 될 소중한 이들의 목소리였다.
밤마다 머리맡에서 머리를 쓰다듬어 주던 누이. 그녀는 언제나 물었다. 꿈이 무엇이냐고. 이 가난한 생활에 얽매이지 말고 꿈을 크게 가지라고 말이다.

사람이 살아가는 방법을 가르쳐 줬던 한유원. 그는 누누이 말했다. 절대 잊지 말라고. 가슴에 정을 품고 살아가면 이 삭막한 세상도 따스하게 보이는 법이라고.

돈을 이야기하던 방효거사. 그는 항상 물었다. 이득이 되느냐고. 하지만 그 이득은 단순한 금전적인 이득만이 아니었다. 사람과 사람 간의 관계. 그리고 신뢰였다.

꽃을 사랑했고 평화를 좋아했던 문인산. 그는 늘 말없이 미소를 지어 주었다. 멀리서 묵묵히 지켜봐 주었다. 아버지처럼. 형제처럼.

이런 사람들이 있다.

다시는 볼 수 없지만, 이 가슴속에 살아가는 이들이 있다.

그들과의 인연이 하나하나씩 쌓여 지금의 내가 있다.

그런데 어떻게 여기서 무너질 수 있단 말이냐.

콰직.

살아야 했다.

내게는 살아야 할 이유가 있었다.

쩌거걱.

여기서 무너진다면 어찌 저쪽에 가서 그들의 얼굴을 볼 수 있을까!

와장창창……!

무너진다, 세상이. 사라진다, 어둠이. 스러진다, 환청이.

다시 무성이 의식을 차렸을 때, 그는 어떤 장소 한가운데에 있었다.

한적한 바람이 불고 하늘하늘 꽃이 춤을 추는 곳.

'분명 난 이유명에게 먹혔을 텐데?'

무성은 자신이 어떻게 당했는지를 모두 기억해 냈다. 하지만 여기가 어딘지는 알지 못했다. 확실한 것은 실체가 아니라는 것만은 알았다.

그때였다.

"왔구나. 너라면 해낼 줄 알았단다."

익숙한 목소리에 무성을 고개를 돌렸다.

백율이 뒷짐을 쥔 채로 가만히 웃고 있었다.

"련주님이 어떻게……?"

무성은 도무지 자신의 눈을 믿을 수가 없었다.

백율이 아직 살아 있다니?

백율은 쓰게 웃었다.

"난 나이면서도 내가 아니다."

"그게 무슨 말씀이십니까?"

"간단하다. 지금 네가 보고 있는 것은 나라는 존재의 잔재. 사념의 일부일 뿐이다. 아마도 지금쯤 진짜 나는 모두 녹아 형체를 찾을 수조차 없겠지."

"아!"

"본래대로라면 이리 쉽게 당하지는 않을 테지만…… 천마혼에 남은 천마의 원념이 생각보다 세더구나. 버티질 못하겠어. 하지만 난 억지로나마 힘을 내 이리 남았다."

백율은 담담하게 무성의 눈을 응시했다.

"널 만나기 위해서."

"제가 오리란 걸 아셨습니까?"

"네게는 마령주가 있지 않으냐? 셋째가 널 놓치려 할 리가 없지."

"그렇군요……."

"그래도 혹시나 하는 마음에 조철산 등을 네게로 보냈다. 운 좋게 셋째의 마수에서 벗어난다면 그건 그것대로 좋은 결과니까. 너라면 어떻게든 역전을 꾀할 방법을 마련할 것이라 믿었다."

"……."

무성은 입을 꾹 다물었다.

절대적인 신뢰.

백율이 던지는 따스한 시선이 미안하기만 했다.

"죄송합니다."

"뭐가 말이냐?"

"련주님의 기대에 부응하지 못했습니다."

무성은 백율을 볼 낯이 없었다. 백율이 주었던 신뢰에 부응해 주지 못하지 않았는가.

하지만,

"어째서 그게 미안하다는 거지?"

도리어 백율은 이해를 못하겠다는 듯이 고개를 갸웃거렸다.

"셋째는 이 나조차도 어떻게 다루지 못한 괴물이다. 그걸 어찌 네가 감내해? 너는 크고 있을 뿐 다 자란 것이 아니다. 성장체일 뿐이지 완전체가 아니란 게야."

무성의 눈이 커진다.

백율은 따스한 미소를 지었다.

"아까 전에도 말하지 않았더냐? 내가 마지막 남은 힘을 쥐어짜 이리 잔상을 남긴 이유를. 모두 너를 만나기 위해서였다. 그런 면에서 보자면 너는 충분히 내 기대에 부응해 주었다."

백율은 뒷짐을 쥔 채로 천천히 걸음을 옮겼다.

무성도 조용히 그 뒤를 따랐다.

한 걸음. 한 걸음. 산들산들한 바람과 함께 꽃향기가 확 풍긴다.

'여기 언젠가 와 본 적이 있던 것 같아.'

분명 낯이 익은데 기억이 없다.

"천마혼은 천 년을 이어져 온 망집(妄執)의 결과다. 단순히 천마의 영혼이 아니라, 천마가 재림(再臨)하기 위해 만들어 낸

그릇이다. 아니, 생전보다 더 크게 재생(再生)하기 위한 씨앗이
지. 천마혼에 군집된 수많은 망령들을 보았느냐?"

무성은 떠올렸다.

처음 천마혼에 휩쓸렸을 때에 들렸던 수많은 속삭임들을.
자신을 타락시키기 위해 악마처럼 속삭이던 이들.

"예. 보았습니다."

"그들은 누천년을 이어오며 천마혼이 삼킨 불쌍한 자들이
다. 명부로 귀속되지도 못하고, 구천을 떠돌지도 못한 채로
자아와 정체성을 잃고서 한낱 망령으로 추락한 불쌍한 작자
들. 그들은 살아 있는 이를 증오한다. 모든 자들을 자신들
과 똑같은 격(格)으로 떨어뜨리기 위해서 갖가지 술수들을 다
부리지. 문제는 그 속에 휘말리고 나면 어느 누구도 제정신을
부여잡지 못한다는 것이다."

무성은 무겁게 고개를 끄덕였다.

자신만 하더라도 자칫 휩쓸릴 뻔했으니까.

한편으로는 천마혼이 어째서 삼두육비 괴물의 형상을 띠는
지도 알 것 같았다.

"그렇다면 천마의 인격이 여러 개인 것은……."

"망령 중에서도 유독 특출 난 놈들이 밖으로 새어 나왔을
뿐이다. 천마혼은 군집이면서도 하나다. 모두 생전 갖고 있던
정보들을 한데 공유하고 있어. 인생, 감정, 이성, 심득까지도

전부."

수많은 의식을 공유한다고? 집단의식?

그렇다면 그것이 의미하는 바는 딱 하나이지 않은가.

"신(神)이군요. 천마혼은."

"그래. 신이지. 정확하게는 마신(魔神)."

백율은 인상을 찌그렸다.

"천마는 그런 집단의식의 정점에 서려 한다. 군집체의 주인이 되려 하지. 그것이 가능해진다면 진정한 신이 되는 건 문제도 아니다."

"자칫 군집체에 먹힐 수도 있을 텐데요."

"하지만 녀석은 자신 있었어. 자신이야말로 진정한 신이 될 만한 자격이 있다고 여긴 녀석이었으니. 실제로 그만한 경지에 올랐고, 또한 안배도 깔아 두지 않았더냐?"

신이 되기 위한 장치는 모두 두 개.

문은 천마혼이다.

그렇다면 문을 여는 열쇠는?

"마령주로군요."

"그래. 천마는, 아니, 정확하게 천마의 혼(魂)은 천마혼의 가장 깊은 곳에서 때를 기다렸다. 마령주는 천마의 백(魄). 백이 숙주라는 그릇을 만나 내용물인 천마혼과 접촉하는 순간, 혼이 깨어날 예정이었지. 혼백이 합쳐져 진정한 천마가 재림하는 것이다. 아니, 재생하는 것이다. 누천년을 이어져 온 천마 혼까지 손에 넣을 테니!"

뜻대로만 되었다면 천마는 마신이 되었을 것이다.

"하지만 실패했군요."

"그래. 마령주와 만나기도 전에 깨어나고 말았지. 천마혼 속에 있던 혼이 생각보다 일찍 각성하고 만 것이다."

백율이 피식 웃는다.

무성이 물었다.

"련주님 때문입니까?"

"음? 왜 그렇게 생각하느냐?"

"왠지 그럴 것 같아서요."

"허허허허! 역시나 너는 나를 좋게 평가해 주는구나. 뭐, 사실 절반은 맞았다."

백율의 미소가 차갑게 변한다.

"내가 대라종을 절멸 직전까지 몰아붙였으니까."

"그래서 어쩔 수 없이 당대 대라종주가 난을 일으킨 것이고 요?"

"그래."

대라종주 을지선은 천마가 만약을 위해 남긴 대법을 통해 혼을 강제로 깨워 버렸다.

마령주가 없는 반쪽짜리 천마의 강림이었다.

"하지만 대라종이 그토록 강하리라고는 전혀 생각지도 못했었다. 놈들은 들불 같았지. 가뭄에 바싹 마른 갈대숲을 태우는 들불. 나도 걷잡을 수가 없었어."

미소가 다시 씁쓸하게 변한다.

"다행히 동료들을 만나 천마혼을 다시 잠재우긴 했다만, 그때의 타격은 너무나 큰 것이었지. 해서 무신련을 세웠다. 음지로 숨은 대라종을 잡기 위해."

"세상에 대한 사죄셨습니까? 무신련을 세운 까닭은."

"어찌 그러한 이유만 있겠느냐. 이미 그때는 날 따르던 자들이 너무 많아 한곳에 가두지 않으면 겨우 잠잠해진 세상이 다시 시끄러워질 것 같았단다."

백율은 무성의 머리를 쓰다듬었다.

"이처럼 천마는 내가 겨우 잠재웠을 정도로 강했다. 그런데도 너는 녀석의 틈바구니에서 버텼구나. 장하다."

"……"

순간, 무성은 울컥하고 말았다.

어느 누구도 해 주지 않았던 말인데.

누이조차도 자상하게 바라보기만 할 뿐, 그런 말은 해 주지 못했다.

부모나 해 줄 말이었기 때문이었다.

"너의 가슴속에는 언제나 희망이 있다. 꿈이 있다. 그렇기에 이토록 수많은 역경을 헤치면서도 이토록 의로운 정신을 유지할 수 있는 것이겠지."

머리를 쓰다듬는 손길이 부드럽다.

"너는 그만큼 착하다. 자상해. 또한, 그만큼 굳건해. 단단하지. 난 그런 너를 보았고 믿었다. 그리고 그 믿음에 대한 대가를 받았지. 이제 그 대가는 씨앗이 되어 새로운 줄기와 꽃과 열매를 맺을 것이다."

백율이 묻는다.

"너의 꿈이 무엇이냐?"

순간, 그 위로 누군가가 겹친다.

"우리 성아는 커서 뭐가 되고 싶니?"

언제나 머리를 쓰다듬어 주면서 자상하게 묻곤 하던 누이.

그때에 뭐라고 답했더라?

기억이 날 듯하면서도 나지 않는다.

과거 언젠가 이와 비슷한 꿈을 꾸었던 것 같은데 이상하게도 흐릿하다.

언제였지? 그때가?

아, 그래.

처음 신속을 사용했을 때.

북궁민을 베고 꿈을 꿨다.

누이가 꿈속에 나타나 이렇게 물었다. 백율처럼.

왜 여태 잊고 있었을까.

오랜 기억 속에 묻어 뒀지만 아주 소중한 기억. 빛바래졌지만 절대 잊어서는 안 될 추억.

무성은 그때의 답을 떠올렸다.

"영웅입니다."

힘을 주어 말을 잇는다.

"영웅이 되고 싶습니다. 세상을 구하고 제 소중한 친인들도 구할 수 있는, 그런 영웅."

백율의 입가에 웃음꽃이 폈다.

"그렇구나. 그게 네 꿈이었구나."

어딘지 모르게 그도 많이 들떠 보였다.

"나도 한때는 그런 꿈을 꾼 적이 있었지. 위기에 처한 세상을 구하는 영웅이. 그래서 서른이 넘을 때까지 홀로 수련만 쌓았고 또 묵묵히 살았다. 언젠가 세상이 날 부를 때를 기다렸지. 하지만 내 생각은 틀렸었다."

백율이 묻는다.

"너는 영웅이 무엇이라 생각하느냐? 단순히 세상을 구하기만 하면 된다고 생각하느냐?"

"아닙니다."

"그럼?"

"제가 말하는 세상은 그리 큰 것이 아닙니다. 저와 제 사람들이 있는 곳. 그것이 제게는 세상입니다. 자신의 것을 지키는 사람. 그것이 영웅이라 생각합니다."

"그래. 맞다. 하지만 그것이야말로 가장 어렵지."

자신의 것, 무신련을 지키지 못한 백율의 입가엔 씁쓸함만이 감돌았다.

"하면 물으마."

백율은 웃음을 그치고 무성의 눈을 또렷이 응시했다.

"네 사람들이 위기에 처했다. 어쩔 것이냐?"

"구할 것입니다."

"어떻게? 너는 어디로도 빠져나갈 수 없는 이런 지옥에 갇혀 있는데?"

이번엔 무성이 웃었다.

"련주님이 계시지 않습니까?"

"내가? 내가 어떻게 널 도와준다는 게야? 여기에 있는 나는 그저 가짜이며 환상일 뿐인데."

짐짓 모른 척 잡아떼는 그를 향해 말한다.

"련주님은 무신이니까요."

백율의 입가에 다시 웃음꽃이 퍼졌다.

"허허허허허허허!"

하늘이 떠나가라 웃어 댄다. 기분 좋은 웃음이다.

"고얀 놈. 내가 손길을 내밀 때는 본 척도 안 하던 놈이 필요해지니 이제야 날 찾는구나. 뭐, 좋다. 드디어 나도 바라던 걸 얻을 수 있게 되었으니."

백율이 씩 웃으며 묻는다.

"하면 세 번째로 물으마. 나의 제자가 되겠느냐?"

무성은 말없이 그를 바라보다가 이내 자세를 낮추며 절을 올리기 시작했다.

"제자 진무성이 사부님을 뵙습니다."

第五章

창붕(創鵬)

일 배, 이 배…… 그리고 구 배.

구배지례(九拜之禮)다.

제자가 스승을 처음 맞았을 때에 드리는 인사.

군사부일체(君師父一體)라, 자고로 군주와 스승과 아버지는 같다고 했다.

하지만 무성에게는 주인이 없고 아버지가 계시지 않는다. 그러나 이제 스승이 생겼으니 그가 곧 주인이고 아버지와 같다.

"좋구나, 좋아."

백율은 가부좌를 틀고서 제자를 흡족한 눈길로 바라보며

고개를 마구 끄덕였다.

비록 현실에서 받은 인사가 아니지만 아무렴 어떠랴.

마음이 통하면 족한 것을.

부모지간은 하늘이 내리는 것이지만, 사제지간은 인간이 맺는 것이다.

그 속에는 마음이 가장 중요하지 않던가.

무성은 무릎을 꿇었다. 경건한 자세로.

그 모습이 더욱 마음에 든다.

백율의 하얀 눈썹이 초승달을 그렸다.

"세 번이다. 널 얻기 위해서 내가 너의 마음을 두들긴 횟수가."

"죄송합니다."

"아니. 네가 미안할 게 뭐가 있을까. 오히려 미안해할 사람은 나인 것을."

백율은 씁쓸하게 웃었다.

"처음 너에 대해서 알았을 때부터 줄곧 방관해 오기만 했다. 네가 얼마나 성장할지가 궁금하다는 이유만으로. 그리고 널 갖고 싶었다. 널 내 손으로 키우면 얼마나 클지 보고 싶다는 이유만으로. 오로지 내 욕심 하나로 너의 운명을 좌우하려 했던 게다."

"아닙니다."

"아니. 맞다. 하지만 이제는 다르다."

백율은 씩 입꼬리를 말아 올렸다.

"이제 너와 나 사이에는 마음이 연결되었으니 네가 곧 나고, 내가 곧 너다."

무성의 눈빛이 떨린다.

"난 여태 네 명의 제자를 두었고 모두 실패했다. 첫째는 나와 닮았다는 이유로 거두었으나, 마음이 너무 약했다. 둘째는 련의 균형을 맞추기 위해서 받았으나, 욕심이 너무 과해 스스로 자멸의 길에 들어섰다. 셋째는 혈연으로 이어졌으나, 내 과오가 그 아이를 망쳤다. 넷째는 벗의 간절한 소원으로 어쩔 수 없이 받았으나, 결국 돌아올 수 없는 강을 건넜다."

무성은 '혈연'이라는 대목에서 움찔 떨었지만, 굳이 언급하지 않았다. 크게 내색하지도 않았다.

그저 말 못 할 사연이 있으리라 짐작하고 넘겼으리라.

백율은 그런 모습이 더 흡족했다.

이번에 거둔 오제자는 마음이 넓었다.

"이번에 거둔 다섯째, 너는 다르기를 바란다. 너는 첫째와 닮았으나 모질지 않다. 둘째처럼 삿되지 않는다. 셋째처럼 과거가 있으나 휘둘리지 않는다. 넷째처럼 안하무인이지도 않다. 하지만."

백율은 말에 힘을 주었다.

"너에게는 아직 부족한 것이 있다."

무성은 자세를 경건히 했다.

"무엇입니까? 가르쳐 주십시오."

"웅심(雄心)."

"……?"

"내가 봤을 때 너는 항상 무언가에 쫓기는 듯하다. 예전에
는 복수에, 그다음에는 협심에. 절대 여유를 두지 않지. 하늘
이 되겠다고 하지 않았더냐?"

"그렇습니다."

"그렇다면 넓어져라."

"……!"

"보다 넓고 커져라. 모두를 품어라. 세상을 덮을 정도로. 날
개를 활짝 펼쳐라. 날 쫓는 데만 신경 쓰지 말고 주변을 둘러
보아라. 여유를 두고 세상을 보아라."

"예. 명심하겠습니다."

"좋다. 하면 이제부터 너에게 호(號)를 하나 주마."

무신은 제자들에게 별칭을 하나씩 주었다. 이는 나중에 별
호가 될 정도로 아주 크게 작용하기도 했다.

문인산은 대호. 영호휘는 거룡. 이유명은 위기. 주익은 심맥
(甚貊).

"너에게는 이미 붕이라는 호칭으로 알려져 있으니 창붕(創

鵬)이라 지어 주마."

"창……붕……."

무성은 그 단어를 작게 중얼거렸다.

"창성할 창. 붕 붕. 앞으로 너의 날갯짓에 이 세상이 넓어질 것이란 의미다."

"감사합니다."

무성은 천천히 고개를 조아렸다.

창붕.

너무나 가슴에 크게 와 닿았다.

백율은 천천히 일어났다.

"하면 이제 슬슬 시작하자꾸나. 바깥과 이곳의 시간이 많이 다르게 흐른다고는 하지만, 시간이 무한한 것은 아니니 말이다."

이것은 백율이 만든 세상. 당연히 끝이 있을 수밖에 없다.

무성이 엄숙한 마음으로 일어나려는데 백율이 말했다.

"아 참, 그리고 깜빡한 것이 있는데 말이다."

"예. 말씀하시지요."

백율이 씩 웃었다.

"다시는 이 사부 앞에서 죄송하다는 말 따윈 하지 말거라."

*   *   *

백율은 곧장 교육에 들어갔다.

"내가 소싯적에 강호에 처음 나와 삼백예순여덟 번의 싸움을 벌였다는 것을 알고 있느냐?"

무신행을 말함이다.

당대 강호를 상징하던 고수들과의 비무행.

이것이 낳은 여파는 아주 컸다.

일부는 백율과 뜻을 함께해 무신련의 중추를 다졌고, 또 다른 일부는 백율을 적대하며 오늘날 야별성으로 몰려들었다.

강호를 양분해 버린 것이다.

"예. 알고 있습니다."

"그렇다면 내가 그들의 삼백예순여덟 개의 무공도 모두 알고 있다는 것을 알고 있느냐?"

무성의 눈이 커졌다.

"그뿐만이 아니다. 이후 무신련으로 몰려 내 옆에 선 이들의 절학과 내게 대적했던 대라종의 수많은 마인들의 마공들도 알고 있지. 그중에서도 괜찮다 싶어 추린 것만 해도 삼천하고도 칠백 종이다."

삼천칠백 종의 절학을 머릿속에 담고 있다고?

그야말로 걸어 다니는 보고(寶庫)다.

누구나 백율의 머릿속을 열고 싶어 하리라.

놀라울 수밖에 없는 사실이다.

하지만,

"짐작은 했습니다."

무성은 놀라기만 할 뿐 경악하지 않았다. 담담히 웃기만
할 뿐.

백율도 따라서 웃었다.

"어떻게?"

"저 역시 그러니까요. 사부님이 그러시지 못할까요."

"허허허! 그도 그렇구나. 제자보다 못해서야 어디 사부라
고 얼굴을 들고 다닐 수 있을까."

무성은 한 번 대적한 사람들의 무공을 고스란히 재연할 수
있다. 정확하게는 무성에게 맞게끔 변화시켜 펼치는 것이다.
하지만 이것만 해도 대단한 일이다.

결을 본다는 것.

이것은 상대의 약점을 보는 것이기도 하지만, 반대로 말하
자면 구성 요소를 엿본다는 뜻이기도 하다.

무성은 이미 진리를 꿰뚫는 혜안을 얻었다.

하물며 백율이 그만한 경지에 이르지 못했을까?

"핵심과 이치를 보는 힘. 나는 이를 두고 백안(白眼)이라 한
다."

"백안……."

"그래. 하얗게 본다는 뜻이지. 그리고 난 이 백안을 통해 삼천칠백 종의 무학을 집대성했다. 그리고 내게 맞게끔 깎고 더하고 비틀어 새로운 것을 만들어 여덟 개의 법칙으로 만들었지."

"그것이 무신팔법이로군요."

"그렇다."

당금 강호에서 제일가는 신공절학을 꼽으라 한다면 바로 당당히 나설 무학이다.

"하지만 난 이것을 네게 가르치지 않을 것이다."

뛰어난 무학을 놓쳤는데도 불구하고 무성은 담담하다.

"무신팔법은 어디까지나 나의 것. 네게는 어울리지 않는다. 너에게 맞는 옷은 네가 짜야지."

"그럼 절 뭘 배우면 되겠습니까?"

"백안을 가르칠 것이다."

물고기를 주지 않는다. 물고기를 낚는 법을 가르칠 것이라고 말한다.

"그 처음은 바로 삼천칠백 종의 무학을 모두 숙지하는 데서 비롯된다."

백율은 무시무시한 말을 아무렇게나 해 댔다.

보통 무인이 익히는 무학은 세 종에서 다섯 종을 넘기가 힘들다.

검객을 기준으로 친다면 내공을 쌓는 심법, 몸을 움직이는 보법, 검을 다루는 검법까지 세 종이다. 때에 따라서는 여기에 경신술과 신법이 더해지기도 한다. 몇몇은 이 정도로도 만족하지 못해 더 다양한 검술들을 단련하기도 한다.

하지만 이것은 어디까지나 하급 무사의 기준이다.

고수들은 잘 안다.

제아무리 삼류 무공이라 할지라도 이해도와 숙련도에 따라서 위력이 천차만별이란 사실을.

그렇기에 경지가 위로 갈수록 잡다하게 익혔던 무공들을 하나둘씩 버린다. 손에 익지 않은 것들은 과감하게 버리고 익숙한 것을 더 깊게 파고든다.

나중에 가서는 그것마저도 또 자르고 더하기를 반복해 오로지 자신에게 맞는 무공을 만들어내기도 한다.

마지막에는 딱 한 가지만이 남는다.

그 사람을 상징하는 무공이다.

경우에 따라서는 새로운 것을 창안하기도 한다.

흔히 말하는 성명절기(盛名絕技)인 것이다.

백율이 알고 있는 삼천칠백 종은 모두 이런 수많은 이들의 생애와 노고가 녹아 있는 성명절기다.

무성과 같은 고수가 몸에 안 맞는 것들을 익힌다?

그것도 필요에 따라 한두 개가 아닌 삼천칠백 종을?

모두 암기하는 것이 가능할까 싶은 정도를 떠나서 경우에 따라서는 여태 자신이 쌓았던 심득이 모두 무너져 실력이 저하될 위험도 컸다.

하물며 시간이 촉박하게 한정된 상황임에야.

그런데도 불구하고 무성은 착실하게 백율이 가르쳐준 대로 무공을 암기했다. 아니, 체득했다.

쉬쉬쉭!

칼이 휘둘러질 때마다 번개가 휘몰아친다.

대지가 강한 열기로 그을려 탄내가 모락모락 났다.

"벽력도(霹靂刀)는 뇌정공(雷霆功)을 바탕으로 발휘되기 때문에 충분히 내력을 칼에다 충전시켜야 한다는 단점이 있다. 하지만 강렬한 일격을 갖고 있어 일도진천(一刀震天)은 살아생전 별호 그대로 단 한 번의 칼 휘두름만으로도 광서 지역을 평정했지."

다양한 무공답게 사용하는 병기도 천차만별이다.

병기를 구하는 것은 별다른 어려움이 없었다.

영검의 모양을 거기에 맞는 병기로 변화시키면 되니.

"벽력도의 동작은 아주 단순하다. 하지만 그 세세함은 절대 단순하지 않으니 똑똑히 봐 두어라."

백율은 무공을 가르칠 때 구결은 가르치지 않았다.

대신에 동작을 세세히 보여주면서 거기에 담긴 내력(來歷)에 대해 상세히 설명해 주었다.

더불어 무인의 생애까지도.

"사실 일도진천은 가축의 멱을 따던 한낱 백정이었다. 하지만 불의의 사고로 아들을 잃고 나서 나이 서른에 처음 칼을 잡기 시작했지. 그는 자신이 무공에 입문할 시기가 지났다는 것을 알기에 더 수없이 노력했다. 그리고 한 가지라도 완벽해지기 위해서 매일 같이 내려치기만 수십만 번씩 단련했지. 그러다 우연히 소나기가 치던 날에 천둥 벼락을 보고 깨달음을 얻어 벽력도를 완성할 수 있었다."

무성이 절기를 체득하는 것은 어렵지 않았다. 결을 통째로 외워 풀어내기만 하면 되니까.

하지만 그것은 형(形)일 뿐, 속에 든 이(理)는 없다.

그런데 이를 얻는 건 생각보다 훨씬 쉬웠다.

성명절기에 담긴 사연을 알고 나면 된다. 그 사람의 인생, 생각, 감정 따위를 스스로 겪은 것처럼 공감하고 나니 이가 보였다.

결을 넘어선 이치가 비로소 모습을 드러낸 것이다.

"일도진천의 힘은 단순한 복수심에서 시작되는 게 아니다. 집념이다. 그는 절대고수들도 가질 수 없었던 간절함을 가지고 있었기에 끝내 바라던 소원을 이룰 수 있었다. 그리고 무인, 한 사람으로서 자신만의 족적을 남길 수 있었던 것이다. 그리고 그 족적이 바로 벽력도다."

백율이 가르치려는 백안은 바로 여기서부터 시작된다.

원(原).

이 세계를 구성하는 중심. 핵을 보는 방법을 가르쳐 주려 했다.

덕분에 무공을 하나하나씩 체득할수록, 수많은 고수들의 생애를 몸소 체험할수록, 무성은 여태 놓치고 있었고 또 모르고 있었던 많은 것들을 알게 되었다.

"물론 그런 잘난 족적도 결국 내게는 꺾이고 말았지만 말이다. 허허허허!"

"……."

물론 자기 자랑은 빼놓는 법이 없었다.

          *   *   *

착!

이유명은 어느 전각의 마천루에 우뚝 섰다.

무신련이 한눈에 내려다보인다.

무신련은 혼란으로 엉망이 되어 있었다.

화포를 갈겨대는 야별성의 병력. 곳곳에서 내란을 일으키는 하후도가. 지휘 체계를 차근차근 박살 내는 천룡회.

제아무리 단단한 철옹성을 자랑한다고 한들 내우외환의 홍수를 겪게 되면 어느 누구도 버틸 재간이 없다.

여기다 더해 재앙까지 더해진다면?

"오늘로써 무신련은 지워진다."

어느 누구도 듣지 못한 차가운 선언과 함께 이유명은 밖으로 훌쩍 몸을 날렸다.

발끝에서부터 칠흑색의 마기가 주렁주렁 올라와 마치 누에고치처럼 이유명을 감싸 안는다. 그리고 순식간에 크기를 몇십 배로 확장하면서 거대한 인형이 되었다.

쿠쿠쿵!

천마혼이 크게 내려앉은 자리로 지반이 움푹 내려앉는다. 여진이 이어지면서 주변에 있던 전각들이 송두리째 무너져 내렸다.

"저, 저, 저게 뭐야?"

"괴, 괴물이다!"

무신련의 무사들은 싸움을 멈췄다. 얼굴엔 경악과 공포로 가득하다.

천마혼은 보라는 듯이 거칠게 포효했다.

고오오오!

크지는 않지만 대기가 떠밀려 나는 듯한 아우성!

공기를 타고 전해진 진동파에 무사들은 하나같이 피를 토하며 바닥에 주저앉았다.

기맥과 경락이 뒤집히고 내력이 진탕이 되고 있었다.

주화입마!

갑작스레 찾아온 여파에 수양이 부족한 몇몇 무사들은 아예 절명하기까지 했다.

천마혼은 여섯 개의 팔을 마구잡이로 휘둘렀다.

콰콰쾅! 쿠르릉!

건물이 마구 무너진다. 전각이 쓰러진다.

몇몇 고수들은 이를 악물고 달려들기도 했다. 강기를 뿌리고 검기를 날린다. 절기를 동원하면 팔 하나쯤은 잘라 낼 수 있지 않을까 하는 생각에서.

하지만 그들의 결과는 너무나 똑같았다.

퍼퍼퍽!

탄탄했던 팔이 흐느적거리더니 수십 개의 촉수로 나뉘어 그들을 단번에 꿰뚫어 버리는 것이 아닌가!

지옥에나 존재한다는, 인간이 열매처럼 맺히는 나무가 이러할까?

무사들이 존경하는 고수들이 별다른 저항도 하지 못하고 주렁주렁 매달린 채로 피를 뚝뚝 흘리는 모습은 끔찍하기까지 했다.

"주, 죽여 줘……!"

"제발……!"

더 끔찍한 장면은 거기서 그치지 않았다.

으드득! 드드득!

촉수의 중앙 부분이 갈라진다. 톱니처럼 이빨이 자글자글한 촉수는 아가리처럼 활짝 벌어지며 고수들을 집어삼켰다.

뼈가 으스러지는 소리와 고수들의 비명이 난무한다.

무사들의 안색이 서서히 창백해진다.

그사이 꿀꺽 하는 소리와 함께 천마혼의 세 머리가 동시에 빙그레 미소를 지었다. 만족한다는 듯이.

"도, 도망쳐!"

"저건 인간이 감당할 수 있는 게 아니야!"

공포는 전염병과 다르지 않다.

사기는 바닥을 찌르고 아예 싸울 의욕을 잃어버린다. 무사들은 땅바닥에다 병장기를 집어던지고 성문 쪽으로 달아나기 시작했다.

지휘관들은 그들을 어떻게든 말려 보려 했지만 이미 넘어간 판세는 돌이키기가 어려웠다.

천마혼은 그걸 더욱 밀어붙였다.

광란을 부리고 부수기를 반복한다.

때에 맞춰 하후도가와 천룡회의 활동도 더욱 크게 기승을
부렸다.

십대 무군은 결정을 내려야 했다.

천마혼이냐, 야별성이냐?

둘 중 한 곳에 전력을 집중시켜야만 했다.

한꺼번에 상대하기엔 그들이 역부족이었다.

하지만 결론은 쉽사리 나지 않았다.

한편, 무신련 외곽.

"문곡!"

"예. 보고 있어요. 궁내에서의 일은 성공했나 보군요."

금태연의 입가에 처음으로 미소가 맺혔다.

무신련을 공략하는 내내 감정의 변화가 없었던 그녀지만,
지금만큼은 달랐다.

그만큼 무신궁에서의 활약에 걱정을 하고 있었단 뜻이리
라.

제아무리 패를 많이 마련했다고 해도 상대는 무신.

과거 대라종을 격파하고 천마를 쓰러뜨렸던 자다. 당연히
노파심이 생길 수밖에 없다.

하지만 이제 모든 걱정이 사라졌다.

모든 전력을 집중할 수 있게 되었다.

야별성이 무너지는 동안에도 절대 드러내지 않으려 했던 마지막 패.

초왕부가 궐기를 해서 황도를 위협할 때에 참여해 활약을 벌이려 했던 패.

그리고…… 돌아가신 사부, 귀곡자가 마지막으로 안배해 놓은 패.

금태연은 옆으로 한 발 물러서며 옆에 있던 중년인에게 고개를 조아렸다.

"잘 부탁드리겠어요, 태감."

이대로 발로 차면 데구르르 구르는 것이 아닐까 할 정도로 살이 푸짐하게 오른 노인이다.

걸어 다니는 것도 싫은지 황금으로 만든 가마 위 옥좌에 반쯤 기대어 누워 있다. 오른쪽에는 꿀에 적신 포도가 담긴 그릇이 있고, 좌우에는 아리따운 여인 두 명이 부채를 살랑살랑 흔들어 댄다. 가마는 우락부락한 근육을 자랑하는 노예 십여 명이 겨우겨우 들고 있었다.

입고 있는 비단옷 또한 휘황찬란하기 그지없다.

한 가지 신기한 점은 노인이라면 응당 가져야 할 수염이 없다는 것이다. 게다가 목소리는 아주 가늘어서 기괴하기까지 했다.

"홍홍홍홍. 그런 말은 하지 마세요. 이 늙은이는 아직도 잊지 않고 있답니다. 감히 유덕문 따위가 우리 동창을 능멸하려 들고, 황실에 칼까지 들이댈 준비를 하고 있었다는 사실을요."

동창(東廠).

암중에서 황실을 수호하고 반역자들을 색출해 낸다는 무소불위의 권력 기관.

노인은 동창의 주인, 사례감태감 자항(慈抗)이었다.

금태연은 면박에도 여유롭게 웃었다.

귀곡자 유덕문이 동창을 손에 넣기 위해 손을 뻗치고 은밀하게 초왕부를 지원했던 건 사실이었으니.

하지만,

"과거의 일일 뿐입니다."

"그렇죠. 그러니 이렇게 이 늙은이가 여기에 있는 것 아니겠어요? 반드시 지켜야 할 거예요."

자항은 사람 좋은 미소 너머로 차가운 이빨을 드러냈다.

"무신련을 지운다는 약속을요."

관과 무림은 서로 불가침을 한다는 것이 통설이고, 황궁은 제어되지 않는 강호를 내버려 두는 것이 일반적이었지만 지금만큼은 다르다.

오늘날 강호를 일통한 무신련은 황궁과 조정에서도 상당

한 눈엣가시다.

하물며 그들의 본거지가 황도에서 얼마 떨어지지 않은 곳에 위치하고 있음에야.

그러니 이이제이, 오랑캐는 오랑캐로 잡는 수밖에.

"어찌 태감께 거짓말을 할 수 있겠습니까? 저희 역시 녕하 일대를 영지(領地)로 내려주신다는 황상의 은혜에 감읍할 따름입니다."

"홍홍홍홍. 마교 따위가 중원 도처에 난리를 피워 골치를 썩게 하는 것보다 한 우리에 가둬 놓는 게 훨씬 편하니까요. 뭐, 그것도 두고 볼 일이지만."

자항은 잊지 않은 듯했다.

선황 시절에 강북을 혼란으로 몰아넣었던 대라종의 위세는 황궁으로서도 상당한 난관이었으니.

"하면 시작해 볼까요? 지난 삼십여 년 간 폐하께 두통을 선사했던 내환을 없애러."

자항이 높이 손을 치켜든다.

그러자 기다렸다는 듯이 아무것도 없는 허공에서 엄청난 숫자의 무인들이 내려왔다.

처처척!

그들은 모두 자항 앞에 부복했다.

손을 까닥하자, 동창의 전력과 금의위 무사들이 일제히 무신련 쪽으로 내달렸다.

*　　　*　　　*

　무성은 빠른 속도로 무공을 습득해 나갔다.

　형식도 심득도 완벽하게 자리 잡았다. 이미 머릿속은 수많은 묘리들로 꽉 찼다. 이대로 계속 외운다고 해도 크게 달라질 것이 있을까 싶을 정도였다.

　그런데 문제는 종수가 일천 종을 넘으면서부터였다.

　백율은 이따금 무성이 무공을 잊어먹지는 않았나, 앞에서 외운 무공 중 하나를 무작위로 택해 시연해 보라고 지시했다.

　그때마다 무성은 완벽히 해내 보였다.

　그런데 그게 흔들리기 시작했다.

　분명 완벽하게 외웠던 무공들이건만.

　형(形)이 기억나지 않았다.

　여기서 위로 쳐올렸었나? 아니면 사선으로 휘몰아쳤나? 아니다. 한 발 물러서면서 찌르는 거였나?

　그래도 다행히 어찌어찌 떠올려 겨우겨우 펼쳤다.

　이천 종이 넘었다.

　이젠 형이 아니라 심득이 기억나지 않았다.

　여기엔 어떤 내력이 담겨 있더라? 주인은 뭘 하던 사람이었지? 사연은 뭐였고? 어? 그러고 보니 병장기는 뭐였지? 이게 검법이었나? 아니면 권법? 뭐였지?

삼천 종이 넘었다.

이제는 그가 기존에 쌓았던 것들이 무너졌다.

이기어검을 어떻게 다뤘지? 염력은 어찌 사용하고? 신속은 뭐였지? 묵혈관법이 안 떠올라. 왜 이러지? 내가 익힌 무공이 뭐였지? 이름도 기억이 안 나.

무성은 무서워지기 시작했다.

무공은 자신이 여태 걸어온 길이다. 쌓았던 산이다.

그게 모두 부정당하고 있었다. 잊히고 있었다.

분명 단전에 꽉 들어찼던 것들이 잘게 부서진다. 정화(精華)가 내려앉는다. 공력이 흩어진다.

무(無)가 되고 허(虛)가 된다.

존재가…… 사라진다.

희미해지는 스스로가 무서웠다.

한편으로는 그런 생각도 들었다.

지금 내게 무공을 가르치는 이자, 정말 무신 백율이 맞을까?

사실은 이유명이 녹지 않는 자신을 흩뜨리기 위해 어떤 수작을 부리는 게 아닐까?

─키드드득. 이제야 알았어? 이건 가짜야.

─네가 하고 있는 거 전부가 가짜야. 허상이라고.

─그냥 이리로 와. 편해진다니까? 뭘 그리 고생해.

─이리 와. 놀자.

─이리 와. 놀자.

더 이상 들리지 않으리라 생각했던 망령들의 속삭임이 달콤하게 들린다.

하지만 무성은 이를 악물고 꿋꿋이 버텼다.

백율은 그의 스승이었다.

제자가 스승을 믿지 않으면 누가 믿을까?

종수는 쌓이고 존재는 흩어진다.

그리고 마침내 삼천칠백 종을 모두 외웠을 때, 무성은 모든 것을 잃었다.

아무것도 남지 않은 평범한 몸이 되었다.

그런데도 이상하게 정신은 말짱했다.

아니, 더 또렷했다.

더 잘 보이고 더 크게 보였다. 더 확실하게 보였다.

영통안을 뜨지 않고도, 묵혈관법을 유동하지 않았는데도 불구하고 세상만사가 한눈에 보였다. 그 너머에 있는 이치도 근원도 보였다.

단 하나의 선(線).

그것은 결이면서도 결이 아니었다.

세상을 움직이는 진리. 인과를 연결하는 고리였다.

드디어 백안을 뜨게 된 것이다.

"어떠냐?"

"아주 잘 보입니다."

"기분이 좋으냐?"

"아니요. 허탈합니다."

백율은 짓궂게 웃었다.

"왜?"

"이렇게 쉬운 것을 여태 어렵게 생각했나 싶어서요."

형이 무너졌다. 결이 사라졌다. 선만 남았다. 무공도 세상 사도 이 선으로 연결된다.

이제 무성에게는 다른 것이 모두 필요 없었다.

이 선을 만지기만 해도 갖고 싶은 건 모두 가질 수 있으니.

천마혼?

그토록 많은 것을 가진 녀석이 조잡하게만 보였다.

"이제 끝났구나."

"예."

백율이 웃는다.

무성은 짐작했다. 이게 마지막이란 걸.

"이렇게 벼락에 콩 볶아 먹듯이 너무 쉽게 해치운 것이 미안 하지만…… 그래도 이 말을 꼭 해주고 싶구나."

백율은 무성의 머리를 쓰다듬었다.

"졸업을 축하한다. 제자야. 이제 어디 가서 두들겨 맞지 않을 정도는 되겠어."

손길이 너무나 따스하다.

하지만 무성은 웃지 못했다.

"사부님."

"허허허. 왜 우는 게냐? 어디 죽으러 가는 게야?"

무성은 대답을 하질 못했다.

백율은 뒷짐을 쥐며 빙긋 웃었다.

"가거라."

"……."

"아직 백안을 제대로 다루질 못해 내가 있는 곳까지 오르기엔 부족한 면이 있으나, 그 정도면 셋째에게 한 방 먹일 정도는 될 게다. 그 다음 길은, 언제나 그러했듯이 네가 걷거라."

"……예. 사부님."

무성은 다시 구배지례를 올렸다.

만났으되, 이제는 헤어진다.

울컥한 마음을 억누르며 천천히 절을 올린다.

그리고 마지막 절을 끝내고 고개를 들었을 때, 백율은 그 자리에 없었다.

세상이 무너지고 있었다.

마치 무릉도원 같았던 따스한 곳.

갖가지 기화이초가 향기를 내고 벌과 나비가 나돌던 장소.

무성은 그제야 이곳이 어딘지 깨달았다.

'아, 천화원(天花圓)!'

어렴풋한 기억에 남아 있는 곳이다.

기력이 거의 다해 눈을 감아 갈 때쯤 남소유가 자신을 안고 문인산의 안내를 받아 도착했던 곳. 백율과 처음 그가 만났던 장소다.

추억이 담긴 곳이다.

하지만 이제 그 추억은 잘게 부서진다.

편린들은 거대한 소용돌이 모양을 그렸다. 백안으로 보고 있는 선. 그 선을 따라 편린들은 차곡차곡 새로운 형태로 변해 무성의 정수리 위로 쏟아졌다.

선이 무성에게 깃들수록 백안을 얻으면서 비었던 육체에 새로운 힘이 깃든다.

무가 유(有)가 된다. 허가 만(滿)이 된다.

존재를 되찾는다.

아니, 되찾는 정도를 넘어서 뛰어넘는다.

격(格)의 상승.

혹은 성(聖)을 얻었다고 해도 되리라.

태고에 인간이 얻었으나 세월이 흐르면서 잃었던 힘. 신인들만이 갖고 있었으나 사라졌던 힘이 깃든다. 인간으로서의 한계를 훌쩍 뛰어넘는다.

우—웅!

혼명이 서서히 껍질을 벗어 나간다. 새롭게 만들어진 길을 따라 혼명은 전신백해를 뒤덮었다.

무성이 다시 일어났을 때, 천화원도 모두 사라졌다.

주변에는 백율이 무서워 감히 범접하지 못했던 망령들이 떠돌아다녔다. 말로만 듣던 지옥이 도래한 것처럼 검고 붉기만 한 세상이다.

어디로도 빠져나갈 수 없을 듯 보였지만, 무성은 하늘을 보며 작게 읊조렸다.

"부서져라."

콰직! 와르르르……

어둠이 무너졌다.

第六章

각성(覺醒)

천마혼은 세 쌍의 눈을 부릅뜨며 세상을 관조한다.

그의 앞을 가로막은 세 개의 군단.

청천기군, 홍염기군, 백호기군이다.

십대 무군에서도 가장 최정예로 손꼽히는 이들은 눈에 불을 켠 채로 천마혼을 노려보았다.

다른 무인들과 다르게 두려워하는 기색은 없었다.

결사(決死), 이미 그들은 죽음을 각오했다.

"삼공자, 지금이라도 그 요상한 짓일랑 그만두고 이리로 내려오시오!"

청천기군의 수장인 석대룡은 실종 상태다. 대신 군단을 지휘하는 이는 구양명(歐陽明). 환룡자(幻龍子)라는 별호로 더 유명하다.

비록 신주삼십육성에는 들지 못했지만, 소싯적에는 그에 못지않은 위명으로 강북을 질타했다.

실제로 백율이 무신행을 돌아다닐 때에 가장 초기에 방문한 자이기도 했으니, 오히려 당시에는 다른 이들보다 유명했다고 봐도 과언이 아니었다.

구양명은 검법의 대가이지만, 그보다 환술(幻術)과 방술(傍術)에 일가견이 있다.

덕분에 그는 천마혼 속에 깃들어 있는 본래 모습을 읽을 수 있었다.

『요상한 짓이라.』

"당신은 련주의 제자이며 하나뿐인 혈육이지 않소! 왜 그를 돕지는 못할지언정 이런 패륜을 저지르는 것이오?"

『패륜이라.』

"그렇소. 그게 패륜이 아니라면 무엇이 패륜이란 말이오?"

『그렇다면 묻겠다.』

천마혼의 심어(心語)가 구양명을 비롯한 무인들 전체의 심장에 퍼진다.

『아비가 먼저 자식을 버리는 패륜을 벌였다면 자식은 아비를 버릴 수 없는가? 사부가 제자에게 사실을 속였는데, 제자가 그것을 다시 속였다. 이건 잘못되었는가?』

"그건······!"

구양명은 백율과 이유명 간의 관계를 알기에 섣불리 대답하지 못했다.

『물론 당신들에게도 할 말이 있겠지요. 하지만 제게도 할 말이 있습니다. 그렇다면 서로의 신념을 갖고 싸우세요.』

중앙에 있는 소신안의 입꼬리가 귓가까지 찢어진다.

『어차피 그대들은 불나방에 지나지 않을 테니.』

구양명이 사자후를 터뜨렸다.

"모두 방진을 갖춰라!"

세 개의 군단이 한데로 모여든다.

일천이 넘는 무사들이 단단히 결집한 모양새는 탄탄한 벽을 보는 듯했다.

하지만,

『어리석은 짓이란 걸 어찌 모르십니까?』

천마혼은 여섯 개의 팔을 군단 쪽으로 내려찍지 않았다. 그랬다가는 세 군단이 형성한 검진에서 발출된 검기가 팔을 자르리라는 것을 잘 알고 있었다.

백율이 창안한 십대 무군은 집단전에 있어 어느 누구보다 탁월하다.

당연히 개개인의 무위만 강할 뿐이었던 이전 고수들과는

상대하는 방식이 달라야 했다.

그래서 천마혼이 택한 방식은 하나.

콰콰쾅!

여섯 개의 팔은 검진을 때리지 않았다. 대신에 검진이 딛고 있던 땅, 바로 옆을 내려쳤다.

지반이 내려앉는다. 디딜 곳이 없던 무사들이 균형을 잃고 휘청거렸다. 방진이 흐트러지며 곳곳에 균열이 드러났다.

"진형을 갖춰라! 빈틈을 내어줘서는 안 된다!"

『이미 늦은 것을 어찌 모르는 건지.』

쉬시시식!

지반에 단단히 꽂혔던 팔뚝에서 수십수백 개의 가시가 쭉쭉 뻗어 나갔다.

칠흑색을 자랑하는 마기는 화살처럼 빈틈을 교묘하게 파고 들어갔다.

마기의 촉이 노린 곳은 겉면이 아니었다.

내부였다.

안에서부터 무너질 수 있도록.

퍼퍼퍽!

"컥!"

"으아아악!"

촉수는 곧장 무사들의 심장이나 목을 노리지 않았다. 예리하게 날을 세워 어깨나 발목 부위만 베어 갔다. 덕분에 피를 흘리는 부상자가 속출했다.

사망했다면 눈을 질끈 감고서라도 무시하고 다시 진형을 갖출 수 있을지 모른다. 하지만 부상자라면 이야기가 다르다. 그들을 구해 줘야 하고 부축해야 한다.

여기서부터 문제가 시작되었다.

부상자들을 도우려 하다 보면 검진이 흐트러진다. 그럼 또 다른 촉수가 끼어들어 부상자를 늘린다. 부상자는 부상자를 늘리는 상황이 속출했다.

그때 천마혼의 세 머리가 동시에 입을 크게 벌렸다.

그러고는 군단 위로 대가리를 들이박는다.

한 입에 집어삼키려는 듯.

천마혼에게 세 무군은 맛난 먹잇감으로밖에 비치지 않았다.

*　　*　　*

따당! 땅!

영호산은 갈퀴처럼 구부러져 있던 한조명의 철조(鐵爪)를 튕겨내면서 비소를 터뜨렸다.

"고작 이것이었습니까? 흑산기군의 실력이?"

한조명은 이를 악물었다.

천룡회는 생각했던 것보다 훨씬 강했다.

흑산기군이 유린당하는 것으로도 모자라 도와주던 사영각까지 완전히 정체되고 말았다. 그들이 이렇게 있는 한 무신련 각지에서 명령을 기다리는 부대들은 각개격파를 당할 수밖엔 없었다.

이대로 무신련이 무너지는 것을 허망하게 지켜봐야만 하는 걸까?

그의 가슴이 점차 타들어 갔다.

*   *   *

서걱! 서걱!

무면탈을 쓴 머리통 두 개가 어깨에서 분리되어 바닥으로 구른다.

잘려나간 목 부위는 매끈했다.

그야말로 섬광이라 표현할 수 있을 정도로 빠른 쾌도.

섬광쾌도(閃光快刀)는 하후도가가 자랑하는 대표적인 무공이다. 그들의 성격은 음험해서 느리기 이를 데 없지만, 칼을 뽑았을 때만큼은 다르다.

"집법사자, 집법사자, 늘 노래를 부르더니 별것 없군."

……

대꾸는 없다.

하지만 하후충은 충분히 느낄 수 있었다.

집법사자들이 내뿜는 짙은 살의를.

그러나 섣불리 나설 수 없었다.

그만큼 하후충이 내뿜는 투기는 상상을 초월할 정도로 대단했다.

그렇다고 해서 내버려둘 수도 없다.

지금 이 순간에도 하후도가의 무사들은 계속 재상부로 향하고 있으니.

재상부가 탈환되는 순간, 모든 것이 끝난다.

무신궁이 붕괴된 이래, 그곳만이 무신련에 겨우 남은 보루였으니.

하지만 하후도가는 지칠 줄을 몰랐다.

*   *   *

재상부 뒤편.

"언니……."

"괜찮아. 괜찮아. 곧 그분들이 구해 주러 오실 거야. 그러니 걱정하지 마."

방소소는 떨고 있는 유화를 안아서 가만히 달랬다.

집법사자들을 비롯한 재상부의 무사들이 문을 굳건하게 지키고는 있지만, 얼마나 버틸 수 있을지 모른다. 하후도가의 맹공은 지금 이 순간에도 이어지고 있으니.

쾅! 쾅!

문짝이 부서질 듯이 쿵쾅거린다.

방소소의 가슴도 덩달아 뛰었다.

사실 그녀는 이미 아버지인 방효거사가 돌아가셨다는 사실을 잘 알고 있었다. 시신은 보지 못했지만 짐작은 가능했다. 무신궁은 이미 초토화가 되었으니.

지원군도 기대할 수 없다는 걸 안다.

흑산기군과 사영각이 어디선가 발목이 묶였으니. 그들이 움직였다면 이쪽의 상황을 알릴 수 있을 것이나, 그걸 기대하기란 요원하기만 하다.

그렇기에 재상부도 완전히 마비되었다.

이런 때일수록 재상부에서 중앙에서 련을 제어해야 하건만. 지금은 함락을 걱정해야 하는 처지이니.

재상부를 유지하는 두 개의 축, 좌부의 수장으로서 머리를 아무리 굴려 봐도 결과는 캄캄하다.

그런데도 이렇게나마 버틸 수 있는 이유.

그건 누군가가 반드시 구하러 올 것이란 믿음이 있기 때문이었다.

한때 자신이 미워했지만 이제는 이해할 수 있는 인물.

그가 있기에 유화도 버틸 수 있다.

'그러니 빨리 오세요. 제발.'

*   *   *

파바박!

동창의 위사들이 달리기 시작한다.

그들은 마치 무게라도 없는 것처럼 성벽을 몇 번 박차 휙휙 위로 잘도 올라갔다.

청천, 홍염, 백호를 보내고 성곽에 남은 무군은 백호, 자로, 녹명이다.

이들은 어떻게든 동창 위사들의 접근을 막아보려 했지만, 멀리서 날아오는 화포가 그들을 견제해 이러지도 저러지도 못하게 만들어 버렸다.

그리고 마침내 동창 위사들이 성곽을 완전히 넘어 안쪽으로 들어서기 시작했다.

공성(攻城)의 마지막, 함락이었다.

*   *   *

천마혼은 죽어가는 무사들에게 선언했다.

『이제 무신련은 이 땅 위에 없노라. 내가 그렇게 만들었으니. 대신 그 터전 위에 우리 밀천을 우뚝 세울 것이다. 그러니 경배하라, 필멸자들이여. 숭상하라, 불신자들이여. 마신을 응접하는 순간, 너희들에게 새로운 정토가 기다리고 있을 터이니. 그대들의 살과 피로서 마신의 살을 찌워 이 땅에 영원한 낙원을 만드리라!』

그렇게 세 개의 머리가 모두를 집어삼키려는 순간,

번쩍!

갑자기 천마혼의 우측 머리, 노성안의 눈에서 빛이 터졌다.

『뭐냐, 이건!』

천마혼은 당황스러웠다.

세 군단을 잡아먹기 전부터 노성안이 뜨거워지기 시작했다.

그때는 별것 아니라고만 여겼다.

노성안은 무신의 정수가 남아있는 곳.

이미 그의 인격은 완벽히 지우는 데 성공했으니 천천히 녹이면 자신의 것이 될 거라 여겼다.

그런데 이상 현상이 벌어진다.

두통은 이제 단순한 통증의 범위를 넘어섰다.

뜨겁다. 타버릴 것 같다. 녹아 버릴 것 같다.

천마혼은 어디까지나 영체(靈體). 그런데 어떻게 고통을 느낄 수 있단 말인가!

『크아아아아아!』

천마혼은 노성안을 부여잡으며 고통을 호소했다.

하늘을 향해 비명에 찬 포효를 내짖는다.

우우우!

대기가 떨린다. 위대한 존재가 울부짖으니 세상도 같이 떠는 것 같았다.

"진천벽섬진(振天劈閃陣), 개진(開陣)!"

한편, 천마혼에게 갑작스레 이상이 생긴 사실을 눈치 챈 구양명은 즉각 명령을 내렸다.

무사들은 일사불란하게 움직여 방진을 풀고 천마혼 주변을 뱅그르르 에워싸 검진을 갖춘다. 절대 고수를 만났을 때 상대하기 위한 방식이다. 집단전에 있어서 그들만 한 자들은 없었다.

일선에 있는 자들은 바짝 다가가 천마혼의 팔다리를 베어내기 시작했다. 형태가 없는 영체지만 검기로 피해를 입힐 수 있었다.

푸우우!

베어진 자국 위로 마기가 핏물처럼 솟는다. 새어 나간 마기는 다시 인력(引力)에 따라 원래 있던 장소로 돌아갔지만, 천마혼의 분노는 그렇지 못했다.

『감히!』

한낱 불나방에 지나지 않은 것들이!

천마혼은 노성안을 감싸고 있는 두 팔을 제외한 나머지 네 팔을 녀석들에게로 뻗었다. 마치 파리를 잡으려는 듯한 모양새다.

타닥!

그때 이선에 있던 자들이 어기충소의 수법으로 높이 뛰어올랐다.

세 군단에서 가장 뛰어난 실력을 자랑하는 고수들이다. 그들은 검기와 강기를 아끼지 않고 흩뿌려 네 팔을 요격했다.

쿠쿠쿵!

팔들은 녀석들을 잡지도 못하고 허공에서 요격됐다.

하지만 형태를 잃은 팔들은 수십 개의 촉수로 분화되어 마치 채찍처럼 다시 한 번 녀석들을 휩쓸고자 달려들었다.

이때 나선 것이 가장 후미로 물러서서 기회를 엿보고 있던 최고수들, 세 군단의 군주들이었다.

홍염기군의 환룡자 구양명을 필두로, 청천기군의 부군주인 곡가장, 백호기군의 군주, 대력부왕(大力斧王) 초수암(楚帥巖).

세 사람은 비전 절기들을 아끼지 않고 뿌렸다. 지금은 뭔가를 숨길 때가 아니었다.

구양명의 검에서는 빛무리가 터지며 금색 빛깔을 자랑하는 용의 형태를 띤 강기가 길게 포효를 하면서 발출되었다. 곡가장은 창을 수십 번 찔러대 돌풍을 쏘아 냈다. 초수암은 아무것도 없는 공간을 쪼개듯이 도끼를 세게 찍었다. 그러자 격공의 수법을 따라 천마혼의 팔뚝 하나에 큼지막한 상처가 났다.

쿠르르릉!

촉수들이 잇달아 분질러진다.

마기가 보충되어 다시 형태를 수복하려 해도 다시 연이어지는 강기와 검기 세례에 점차 속도도 줄어들었다.

『감히! 감히! 감히이이이이!』

천마혼은 분노했다.

두통만 아니라면 이깟 날파리들 따위 얼마든지 휩쓸었을 것인데!

노성안에서 이어지는 고통은 이제 천마혼 전체로 퍼지고 있었다. 애마안은 제 기능을 하지 못하고 있고, 소신안도 제대로 된 판단을 내리지 못한다.

인격들이 거의 정지되다시피 하니 공격을 하려 해도 일차원적인 단순한 공격밖엔 이어지지 않는다.

당연히 놈들이 바보가 아니고서야 당할 리 만무하다.

이유명은 가슴이 타들어 갔다.

'대체! 대체 어떻게 된 일이기에!'

천마혼에 결집된 망령들은 소리를 질러 댔다.

—괴로워! 괴로워!

—아파! 아프다고! 우리를 여기서 풀어줘!

—뜨거우니까 놔줘! 제발!

단 한 번도 이런 적이 없었다.

천마혼의 거대한 그릇에 녹아 내린 망령들은 의식과 의지를 잃은 지 오래다. 한낱 군체(群體)로 전락하고 만 녀석들은 여왕개미의 지시에 따라 군말 없이 움직이는 일개미처럼 단순하기 그지없는 놈들이다.

그런데 녀석들이 처음으로 탈출을 위한 시도를 한다.

한둘이라면 얼마든지 누를 수 있을 것이나, 그 숫자가 상상을 초월한다.

자그마치 사 할!

절반에 가까운 망령들은 벽을 두들기고 또 두들긴다. 여왕개미와 같은 이유명의 제어를 거부하고 탈출을 시도한다. 나머지 망령들은 녀석들을 제지하려 나서다가 같이 휩쓸리고 만다.

내우외환이다.

무신련을 정복하기 위해 안팎에서 흔들어 댔던 것처럼 천마혼도 그런 위기를 맞았다.

설마하니 그릇이 흔들릴 줄 누가 알았을까.

'왜? 왜! 이렇게 된 거지?'

여태 잠들어 있던 진짜 천마가 깨어나기라도 한 것일까? 아니다. 절대 그렇지 않다. 그랬다면 이 정도로 안 끝난다. 아니, 이제는 이유명 자신이 천마이니 그럴 걱정은 없다.

그렇다면 이유명의 깨달음이 부족해서? 골수가 타인의 골수를 거부하듯 천마혼도 갑자기 바뀐 주인격 때문에 거부를 하는 건가?

하지만 이것도 아니다.

그랬다면 진즉에 반발이 따랐을 테니까.

'그렇다면 왜!'

그러다 이유명은 한 가지 생각에 미쳤다.

고통을 처음 선사하고 망령들을 깨운 곳.

노성안.

무신의 정화를 한데 모아 놓은 곳.

'설마…… 무신이 살아있나?'

아니다.

절대 그럴 수 없다.

무신의 의식이 완전히 천마혼에 녹아내리는 것을 몇 번이고 확인했으니까.

정말 이 세상에서 무신은 사라지고 없다.

그렇다면 대체 왜!

의문이 계속 꼬리를 물고 늘어지는 와중에도 노성안에서 벌어지는 고통은 심각해진다. 이대로는 터져 버릴 것 같다는 생각에 두 팔은 노성안을 꽉 억누르는 중이었다.

진천벽섬진도 계속 이어진다.

이미 두 개의 팔이 떨어지고, 오른쪽 다리가 잘려 나갔다. 이제는 복부에다 검을 박거나, 세 군주들의 경우에는 아예 머리까지 노렸다.

이유명은 결단을 내려야 했다.

'이곳을 벗어나야 한다!'

이대로는 정말 위험할지도 모른다는 위기감이 전신을 엄습했다.

그래서 거구를 억지로 일으켰다.

"녀석이 도망치려 한다! 퇴로를 막아라! 아니다. 홍염기군은 전원 검진에서 이탈, 나를 따라라!"

구양명은 다시 한 번 천마혼의 의도를 간파했다.

소란이 한창 벌어지고 있는 무신련 한가운데로 갈 수는 없으니 천마혼이 갈 만한 곳은 무신궁 뿐. 구양명은 재빨리 홍염기군을 모두 대동하고서 검진 밖으로 크게 우회해 퇴로를 점거했다.

『비켜라!』

천마혼은 존대를 할 여유도 잃고 광란을 부렸다.

남은 팔로 앞을 휘휘 젓는다.

하지만 구양명 등은 눈 하나 깜빡하지 않았다.

이미 결사를 각오한 마당에 녀석을 잡을 수 있는 기회를 잡았으니 당연히 놓칠 수 없었다.

파바밧!

홍염기군은 새로운 검진을 갖췄다.

끝이 삼각형인 충각(衝角)의 형태를 띠 돌파에 능하도록 설계된 홍각돌진(紅角突陣)이다.

홍염기군은 십대 무군 중에서도 가장 최전선에서 활약을 한다. 언제나 선봉에 서서 적의 의기를 꺾는 것을 의무로 삼는다.

구양명 등은 정말 거칠 것 없이 질주했다.

그들은 마치 한 몸처럼 단단히 결집되어 천마혼이 움직일 수 없도록 좌측 다리의 발목을 깊게 베고 지나갔다. 그리고 크게 선회를 하면서 우측 허벅지를 공략하고, 다시 다리 사이로 빠져나오면서 낭심을 가격했다.

천마혼은 쥐새끼처럼 돌아다니는 홍염기군을 잡고자 했지만 그때마다 구양명은 재주 좋게 후퇴를 명해 공격 범위에서 널찍이 물러섰다.

이를 뒤따르려 하면 주변에 포진한 청천기군과 백호기군이 적절하게 검기를 뿌려 천마혼의 이목을 다른 곳으로 끌었다.

천마혼으로서는 정말 죽을 맛이었다.

어떻게든 이 자리를 탈출해야만 하는데 계속 발목이 묶이고 있으니.

녀석들은 천마혼을 잡기 위한 치명적인 일격은 가하지 못했지만, 단타를 계속 때리면서 차근차근 천마혼의 체력을 소진시켰다.

이대로 지구전으로 돌입한다면 천마혼이 쓰러질 것은 자명한 일이었다.

거기다 재앙은 거기서 그치지 않았다.

콰직!

겨우겨우 양손으로 짓눌러 형태를 유지하던 노성안이 드디어 안쪽에서부터 붕괴되기 시작했다.

『크아아아아아아악!』

천마혼은 더 이상 두통을 참지 못하고 비명을 질렀다.

푸우우!

-끼아아아아!

-캬캬캬캬캬!

하늘 위로 망령들이 날아올랐다.

왼쪽 안와 부근이 내려앉으면서 무언가가 튀어나왔다.

"푸하하하하! 정말이지 이 답답한 곳에 있느라 죽는 줄 알았다고! 역시 바깥 공기가 좋긴 좋구만!"

세상이 떠나가라 호탕하게 웃음을 터뜨리는 이.

그를 발견한 무사들의 안색이 단번에 밝아졌다.

"청천기군주!"

"군주님!"

석대룡이었다.

분명 이유명에게 잡아먹혔던 그가 돌아온 것이다.

청천기군은 전혀 생각지도 못한 상황에 반색을 했다.

구양명도 다르지 않았다.

"자, 자네 어떻게……!"

"음? 오! 가짜 뱀, 자네도 있었나?"

가짜 뱀. 환술로 용을 소환하곤 하는 구양명에게 이따금 석대룡이 부르곤 하는 별명이다.

평소 청천기군과의 대립을 신경 쓰던 구양명으로서는 세상에서 가장 짜증 나는 호칭이었지만, 지금만큼은 이렇게 반가울 수가 없었다.

석대룡은 씩 웃었다.

"뭐, 자세한 건 나중에 이야기하도록 하고. 일단은 이 못난 놈부터 좀 때려잡아야겠지? 하여간 엇나간 애송이 새끼는 복날 개 패듯이 좀 맞아야 한다니까!"

석대룡은 직배도를 세게 움켜쥐고 '으랏차차!' 외치며 도끼
질을 하듯이 수평으로 휘둘렀다.

퍼퍼퍽!

『으아아아아악!』

직배도는 단숨에 노성안을 감싸고 있던 왼손을 한 움큼이
나 베고 지나갔다.

자그마한 타격 하나에도 고통스러울 수밖에 없는 천마혼
으로서는 이것만 하더라도 마치 지옥불에 뒹구는 것처럼 엄청
나게 끔찍한 고통이었다.

"새끼. 엄살은."

석대룡은 피식 웃으며 밖으로 완전히 빠져나왔다.

탁!

그는 아주 사뿐하게 청천기군 앞에 착지했다.

"에고고고. 왜 이렇게 허리가 쑤시냐. 이젠 나도 나이를 먹
었나?"

"군주……!"

"엥? 누가 죽었어? 다들 얼굴이 왜 죄다 울상이야?"

청천기군은 어떻게 말을 잇지 못했다.

죽었다고 생각했던 군주의 생환은 그만큼 반갑기만 했다.
특히 그의 제자인 곡가장은 아예 펑펑 눈물을 흘리기까지 했
다.

석대룡은 그들의 어깨를 두들겨 주었다.

"그래. 다들 고생 많았지? 대충 꼴 보니까 무슨 일이 벌어졌는지 알 것 같다. 하지만 더 이상 걱정하지 마라. 이제는 반격할 일만 남았으니까."

그의 호언에 무사들은 눈에 불을 밝혔다.

무슨 일이 있었는지 몰라도 석대룡이 무사 귀환을 했다. 천마혼 내에 무슨 일이 벌어지는 것은 확실했다.

구양명이 물었다.

"자네……!"

"그래. 묻고 싶은 말, 많지? 얼마든지 대답해줄 테니까 일단은 기다려. 지금은 급하잖아?"

구양명은 그제야 고개를 끄덕였다.

고개를 드니 고통을 호소하던 천마혼이 눈에 불을 켜고서 이를 갈고 있었다. 웃고 있는 표정이던 소신안이 잔뜩 일그러진 모습은 기괴하기까지 했다.

『죽여버리겠다아아아아아아!』

엄청난 노기가 쏟아진다.

무사들의 안색은 창백해지기까지 했다.

하지만 석대룡은 코웃음을 쳤다.

"어쭈? 어렸을 때 제 사부에게 조금 꿀밤 맞았다고 질질 짜던 걸 좀 달래 줬더니 이제는 반말까지 하네? 많이 컸구나,

이유명?"

석대룡은 직배도를 세게 쥐었다.

"역시 넌 좀 맞아야 정신 차릴 거 같다."

『닥쳐라아아아앗!』

천마혼이 손바닥을 풀어 촉수를 그에게로 뿌리려는 순간,

콰직!

노성안의 좌측 부위가 완전히 무너지면서 무언가가 튀어

올랐다.

『크아아아아아악!』

탁!

노성안 정수리 위로 뭔가가 섰다.

"시끄러워."

도도한 얼굴. 차가운 눈빛. 천리비영이었다.

『대체, 대체 어떻게!』

천마혼은 경악에 잠겼다.

석대룡과 천리비영. 두 사람은 확실히 천마혼 속으로 가뒀

다.

그런데 어떻게 여기에 있을 수 있는 거지?

천리비영은 녀석의 물음에 대꾸해 줄 마음이 전혀 없었다.

그저 천근추의 수법으로 몸의 무게를 몇십 배로 증폭시켜 진

각을 밟았다.

쾅! 콰지지직!

『으아아아아아악!』

수박이 깨지듯이 노성안이 완전히 부서진다.

조각조각 난 얼굴 조각들이 석상처럼 미끄러지는 광경은 끔찍하기 이를 데가 없었다.

기현상은 거기서 그치지 않았다.

—바깥이다! 바깥이야!

—캬캬캬캬캬캬!

잿빛을 띤 어떤 것들이 밖으로 새어 나왔다.

그건 검붉은 마기와는 달랐다.

마기는 묵직한 느낌을 자아내지만, 이것들은 음습한 분위기를 담고 있었다.

보는 것만으로도 몸이 으슬으슬 추워진다.

본능적으로 거부를 느낄 수밖에 없는 존재들. 군집체에서 이탈에 성공한 망령들이었다.

천마혼에서 삐져나온 망령의 숫자는 도저히 헤아릴 수도 없을 만큼 많았다. 녀석들은 하나같이 웃어 대고 있었다. 영력이 있는 무사들은 웃음소리를 듣기까지 했다.

마치 물이 잔뜩 담긴 그릇이 엎어진 것 같다고 해야 할까? 아니면 동맥이 끊어져 핏물이 쉴 새 없이 쏟아지는 것처럼 보인다고 해야 할까?

망령의 이탈은 쉴 새 없이 이어졌다.

천마혼은 상처에다 손을 가져다 대 녀석들을 막아보려 했지만, 손가락 사이사이로 망령들은 잘도 빠져나왔다.

그리고 망령들 틈 사이로 다른 두 명이 나왔다.

"조금 조심해 줄 수는 없겠나? 우리까지 위험할 뻔하지 않았나."

옷에 묻은 먼지를 털며 투덜거리는 고황과,

"허허허! 뭐, 어떤가? 이렇게 살아 돌아온 것만 해도 천만다행이거늘. 이제는 우리가 되갚아 줄 차례지?"

기분 좋게 너털웃음을 터뜨리는 조철산.

찰칵!

조철산은 쌍창을 꺼내 하나로 조립했다.

주인을 반기듯 장창이 길게 울음을 토한다. 조철산이 앞으로 길게 쭉 내밀자, 강기가 길게 몸을 빼면서 애마안 쪽으로 치달았다.

촉수 수십 개가 강기를 막으려 달려든다.

하지만,

"자네 뜻대로 되지는 않을 걸세."

고황이 주먹을 한껏 말아 쥐더니 터뜨린다.

퍼퍼펑!

공간이 부서지면서 강기를 실은 수십수백 개의 칼바람이

촉수를 뭉텅뭉텅 잘라 버렸다.

그사이 장창에서 발출된 강기가 섬전처럼 날아들어 애마안의 우안에 틀어박혀 반대쪽으로 뚫고 나왔다.

뚫려진 구멍에서 파생된 후폭풍은 파문을 그리며 애마안을 강제로 비틀어 버렸다.

그리고 다시 수십 개의 강기 세례가 이어졌다.

네 장로들이 발출한 절기뿐만 아니라, 구양명 등 고수들이 내뻗은 힘도 거기에 섞여 있었다.

콰르릉!

결국 애마안도 송두리째 날아가고 말았다.

쿠쿵!

천마혼의 거구가 충격파를 버티지 못하고 뒤로 넘어갔다.

'대체! 대체 왜!'

이유명은 도저히 정신을 차릴 수가 없었다.

네 장로들이 어떻게 살아남았는지 납득이 안 간다.

아니, 그 정도를 넘어서서 분명 별반 어렵지 않게 잡아먹었던 녀석들이 어떻게 이렇게까지 자신을 밀어붙일 수 있는지 이해가 되질 않았다.

세 군단도 거의 전멸 직전까지 몰아붙였었다.

그런데 정신없이 휘말리고 나니 머리 두 개가 부서지고 팔

다리가 대부분 분질러졌다.

천마혼을 이탈하는 망령의 숫자도 속출한다.

몸 곳곳에 생채기가 늘어날 때마다 망령은 쉬지 않고 새어 나왔다.

자가 복구 따윈 꿈도 꿀 수 없다.

마기의 근원은 망령들을 쥐어짜 나오는 것이다. 망령들이 내뿜는 음기를 정제해 무한한 공력을 공급받는 것인데, 이 원료들이 사라지니 마기가 한정되었다.

상처가 치유되지 않으니 새어 나가는 망령은 계속 늘어나고, 그럴수록 제어는 더 약해진다.

힘이 자꾸만 빠져나간다.

무엇이 문제일까?

어디서 잘못된 것일까?

'두통! 두통 때문이야!'

노성안에서 시작된 통증이 이 사단을 불러일으켰다. 망령을 제어하던 부분이 무너졌다. 천마혼이란 커다란 그릇에 금이 가게 만들었다.

무신이 되살아난 것일까?

대체 어떻게?

이렇게 다시 나타날 것이었다면 처음엔 왜 그토록 허무하게 먹혔단 말인가?

문제는, 그를 괴롭히던 두통이 이젠 말끔히 해소되었다는 점이었다.

"망령들을 담던 그릇을 어떻게 깼는지 가르쳐 줄까?"

그때 머리맡에서 싸늘한 조소가 흘렀다.

천마혼은, 아니, 소신안은 눈을 떴다.

미간 앞에 한 사내가 천상제의 수법으로 허공에 떠 있었다.

『너는……!』

무성이 서 있었다.

천마혼은 그제야 모든 원인을 깨달았다.

다른 놈들과 다르게 끝까지 녹지 않고 버티던 무성. 그가 무신의 정화를 만나고 만 것이다!

"천마혼은 마령주를 필요로 하지. 하지만 이게 역설적이게도 나를 녹이지 못하게 만들었어."

천마혼은 온전한 마령주를 원한다. 하지만 안타깝게도 마령주를 담은 그릇은 무성이었다. 이미 무성과 마령주는 어느 정도 결착이 되어 있었다.

처음에 이유명이 무성에게서 마령주를 뽑으려 할 때, 마령주는 금구환과 완전히 섞여 가루라로 변했다.

그런데 이 가루라가 다시 무성에게 내려앉았다.

아주 잠깐이지만, 무성과 마령주 간의 일체(一體)가 이뤄진 것이다.

결국 이 둘을 완벽히 분리하기 위해서는 시간을 필요로 했다.

이유명이 처음으로 저지른 실수였다.

실수는 곧 상대방에게 기회로 이어진다.

"그 시간이 내게 기회를 주었다. 무신의 정화에 접촉할 수 있는 기회를."

천마혼은 무한한 의식 세계다. 무성은 마령주로 의식을 보호하면서 아주 천천히 무신의 정화에 손을 대며 하나하나씩 자신의 것으로 만들어 갔다.

그리고 다시 여기서 이유명은 두 번째 실수를 저질렀다.

"네게 들킬 염려는 없었어. 너는 바깥쪽 일에 신경 쓰느라 정신이 없었으니."

이유명이 천마혼으로 변해 무신련을 휩쓸고 있을 당시에 이미 일은 벌어지고 있었던 것이다.

"더불어 한 번 더 기회를 엿보았지. 마령주와 무신의 정화 위치를 바꿔치기할 기회를."

『……!』

이유명은 큰 충격을 받았다.

마령주를 내어 주고 무신의 정화를 습득했다고?

그제야 녀석의 노림수를 알았다.

천마혼이 원하는 대로 마령주를 내어 주는 대가로 녀석은 스스로 무신이 되고자 했다.

무신이 남긴 유진을 모두 수습해 버린 것이다.

이제는, 무성이 곧 무신이었다.

"천마혼은 좋다면서 냅다 마령주를 받아들이더군. 망령들이 마령주 쪽으로 모여드는 것을 보고 손을 조금 썼지."

『마령주를…… 부숴 버린 것이냐?』

"그렇다."

무성은 차갑게 웃었다.

"내게서 온전히 내어진 것을 부수는 것은 어렵지 않으니까. 마령주가 천마혼에 녹아드는 때를 노렸더니 망령들이 알아서 발작하더라고."

『…….』

부서진 마령주는 천마혼을 흔든다. 제어를 잃은 망령들은 당연히 탈출을 원한다. 천마혼은 안에서부터 부서지기 시작한다.

폭주다.

무인으로 치면 주화입마다.

『하! 하하하하하!』

이유명은 어이가 없었다.

자신이 한눈을 파는 사이에 자신의 내부에서는 자멸로 가는 일들이 착실하게 벌어지고 있었다.

그만큼 무성은 아주 은밀했다. 그리고 강했다.

물론 의문이 완전히 풀린 것은 아니었다.

천마혼조차 제대로 녹이지 못할 만큼 무신의 정화는 아주 방대한 것이었다. 그런데 그걸 한낱 인간 따위에 불과한 무성이 어떻게 단시간에 수습할 수 있었는지 이해가 가질 않는다.

그는 생각지도 못하리라.

천마혼 내에 백율의 잔상이 남아 무성에게 수습할 수 있는 방식을 가르쳤다는 사실을. 무성은 그것을 바탕으로 백율의 유산을 완벽히 자기의 것으로 삼았다는 사실을 말이다.

하지만 그는 묻지 않았다.

본능적으로 깨달았다.

'애초 시작부터 잘못되었어.'

무신의 후예.

아버지이면서도 아버지이길 회피했고, 사부이면서도 사부이길 거부했던 자의 뒤를 밟기를 바랐다. 무신의 모든 것들이 자신에게로 이어지기를 바랐다.

이 얼마나 모순적인 말이란 말인가.

결국 무신은 자신의 후계자로 이유명이 아닌 다른 사람을 택했다.

이름도 근본도 없는 자를.

'당신은 죽어서까지도 나를 버리는군요!'

이가 갈린다.

'좋습니다. 그게 그리도 싫으시다면 당신의 잔재 따위, 아예 없애드리지요! 다시는 이 땅 위에 나타날 수 없도록! 당신의 그림자까지 지워 버리겠습니다!'

분노는 들불처럼 들끓어 이유명의 영혼을 삼켰다.

파스스……

순간, 천마혼을 이루던 마기가 한 올 한 올 벗겨진다. 모래성이 바람에 허물어지는 것처럼 형체가 녹아내리더니 곧 사람의 형상을 떴다.

한 손에 마수창을 쥔 채로 두 눈에 귀화를 밝힌다.

이유명은 창끝을 무성에게로 겨누었다.

"여기서 죽는 한이 있더라도 너만은 데려갈 것이다!"

＊　　＊　　＊

무성은 담담한 눈빛으로 이유명의 살기를 흘렸다.

'이토록 작았던가?'

불과 몇 시진 전까지만 해도 그에게 이유명은 너무나 컸다. 천마혼을 처음 만났을 때만 하더라도 원한만 아니었더라면 절대 당적하지 않았을 테니.

하지만 이제는 다르다.

천마혼을 눈앞에 두고도 별다른 감흥이 없다.

겉보기의 크기는 엄청날지 모르나, 그 속에 든 크기는 보잘것없다는 것을 이제 알게 된 것이다.

선을 본다는 것.

단순히 보이지 않던 것을 보게 된 것만으로도 무성은 녀석과 동등 선상에 올라섰다는 사실을 알았다.

단 한 걸음이다.

무성이 발전한 양은.

하지만 그것만으로도 큰 차이가 있었다.

산의 정상에 서 있는 것과 그 바로 위 허공에 떠 있는 것의 차이랄까?

백율이 말하지 않았던가.

보통 사람들은 위를 보지만, 자신은 아래를 내려다보기 때문에 다르다고.

이젠 무성이 바로 그 자리에 섰다.

"나는 외롭다. 이곳에 수십 년간 홀로 있으려니 좀이 쑤시는구나. 누구 하나 다가오지 못하니 지루하고 따분하다. 하지만 이제는 다르지. 누군가 올라오기를 기다릴 수 있으니까."

"그러니 어서 올라오거라. 나는 언제나 한결같이 이곳에 서 널 기다릴 터이니."

백율이 과거에 했던 말이 떠오른다.

'드디어 그 자리에 섰는데…… 이제 볼 수 없게 되었군요, 스승님.'

무성은 슬픔을 뒤로 한 채 이유명을 보았다.

이제부터 저 하늘에 있을 스승에게 보여 줄 참이었다.

입신(入神)에 오른 자신의 실력을.

혼명의 마지막 단계, 각성(覺醒)을 이룬 자신의 새로운 모습을 말이다.

第七章

가루라염(迦樓羅炎)

무성은 몸속을 누비는 기운을 느꼈다.

아니, 이건 누비는 정도가 아니다.

몸, 그 자체가 단전화(化)를 이뤘다.

상단, 중단, 하단으로 구분되던 세 개의 단전은 완전히 개방되었다. 기혈과 경락은 어느 군데 하나 막힌 데 없이 모두 시원하게 뚫렸다. 세맥도 깨끗했다.

각성을 이루면서 육신이 다시 한 번 재조립된 것이다. 변이 때는 환골탈태였다면, 지금은 반로환동에 가까웠다.

어디 그뿐이랴.

여섯 개로 나뉘던 대륜은 하나하나가 이제 단전에 맞먹었다. 도리어 너무 커서 헤아릴 수도 없이 분화될 정도였다. 흔히 서역에서 애용하는 '차크라'는 팔만 팔천 개가 된다고 한다. 딱 그 숫자였다.

힘이 넘친다.

'사부님은 언제나 이런 힘을 갖고 계셨던 걸까?'

무성이 전수받은 금구환을 비롯해 무신의 기운까지 고스란히 물려받았기에 그 양은 상상을 초월한다.

관조를 하고 있노라면, 무성은 눈이 부시는 듯했다.

새하얗다.

그리고 뜨겁다.

마치 태양을 몸 안에다 품고 있는 것 같다.

아마도 이것이 금구환이 최종적으로 가져야 할 본래 형태이리라.

무성은 여기에다 태양정(太陽精)이란 이름을 붙였다.

탁!

진각을 가볍게 밟으니 태양정의 팔만 팔천 개 륜들이 회전을 시작하면서 몸 속 곳곳에 활력을 불어넣는다.

태양신천기(太陽神天氣).

붕익신마기가 그러했듯, 보는 것만으로도 눈이 부실 정도로 밝은 빛무리는 무성의 발치를 따라 피어올라 끝내 무성의 등 뒤편으로 도열했다.

헤아릴 수도 없을 정도로 수많은 영검들.

그 모습이 마치 부동명왕의 등 뒤로 나타난다는 광배를 보는 듯하다. 마치 가루라가 날개를 활짝 펼치는 모습이 이러할 것이다.

지금 이 순간, 영검은 무성에게 있어 날개였다.

혼명에서 태어난 대붕은 이제 격과 성을 얻으며 가루라로 재탄생했다.

화아악!

가루라염(迦樓羅炎)의 발현과 함께 무성은 땅을 거세게 밟았다.

쾅!

무성은 단숨에 대지 위를 질타했다.

이유명은 기다렸다는 듯이 땅을 세게 억누르면서 마수창을 앞으로 내밀었다. 그를 감싸고 있던 마기가 증폭하면서 가루라염과 부딪쳤다.

콰르릉!

새하얀 빛무리와 칠흑빛의 어둠. 서로 상반된 기운이 부딪치면서 사방으로 충격파가 전달된다.

대지는 무너지고 하늘은 울린다.

창날과 검결지가 부딪친 것에 불과하지만, 후폭풍을 동반한 강기 더미는 주변에 있는 것들을 깡그리 쓸어버렸다.

분명 겉으로 봐서는 대등한 충격으로 보인다.

하지만,

울컥!

이유명의 입가를 따라 짙은 선혈이 흘러내린다.

"내가…… 내가……!"

마수창을 타고 전해진 충격파가 내장을 뒤집어 버린 것이다. 언제나 호신강기의 역할을 하던 천마혼도 지금은 별다른 필요도 없었다.

무성의 일격은 본체를 가격한다.

선을 긋는다는 것.

제아무리 천마혼을 몇 겹이고 두르고 있어도 근원을 건드리는 검결지를 막아 낼 수는 없다.

더군다나 무성이 내뿜는 열기.

태양정에서 비롯되는 가루라염의 불길은 마치 세상에 존재하는 삿된 것을 불사르는 신화(神火)처럼 활활 타올라 마기의 범접을 허락지 않았다.

"내가……! 이딴 것에!"

마수창을 쥔 이유명의 손길이 부르르 떨린다. 노호가 터져 나온다.

"꺾일 줄 알았더냐!"

이유명은 천마혼의 마기를 한껏 응축해 앞으로 내찔렀다.

공간이 부서져 나갈 정도로 엄청난 충격파였다.

무성은 무미건조한 눈길로 가루라염에 둘러싸인 검결지를 앞으로 짚었다.

퍼퍼펑!

세 군단은 행여 충격파에 휩쓸릴까 싶어 뒤로 널찍이 떨어 졌다.

"강하군."

"저게 정말 무성이 맞나?"

"백가 놈의 제자가 되었다고 하지 않나."

"허! 나는 그저 그냥 한 말이라고 여겼는데. 그럼 사실이었 단 말이야?"

네 장로들은 이야기를 나누면서 서로 고개를 절레절레 흔 들었다.

무성은 천마혼 속을 유영하고 있던 그들을 구해 주면서 대 강이나마 무슨 일이 있었는지를 설명해 주었다. 백율의 다섯 번째 제자가 되었고 유진을 물려받게 되었다는 설명이었다.

그때는 경황이 없어 단순히 그렇겠거니 여겼는데, 이젠 그게 사실이란 걸 알겠다.

이유명은 무성에게 작은 생채기 하나 내지 못했다.

창을 번번이 앞으로 찔러 대지만, 그때마다 무성은 이유명의 투로 따원 모두 읽고 슬쩍 피했다.

쾅! 쾅! 쾅!

마수창이 애꿎은 허공을 찌를 때마다 뒤편에 있던 건물과 땅에는 예의 사람만 한 크기의 구멍이 뚫렸다. 와르르, 건물이 수수깡처럼 부서지며 무너졌다.

무성은 그 후에 가루라염을 뿌려 마기를 태웠다. 그러고는 손을 뻗어 이유명을 감싸고 있던 천마혼을 강제로 찢어버렸다.

그야말로 압도적인 승부.

천마혼이 불살라지고 망령들이 녹아내린다.

더 이상 무성을 상대할 방법이 없다고 여긴 이유명은 결국 등을 돌려 도주를 택했다.

하지만 무성은 절대 그를 놓치지 않았다.

쿠쿠쿵!

땅거죽이 일어나고 산천초목이 부르르 떨린다. 건물은 약간의 진동파만 전해져도 내구도가 다해 쓰러진다.

그 안으로 피신해서 한숨을 돌리려 했던 이유명은 겨우겨우 빠져나오는 입장이 된다. 무성은 바로 그 뒤를 바싹 뒤쫓아 재차 공격을 가했다.

결국 이유명은 울며 겨자 먹기로 재차 전투에 임해야만 했다.

장로들은 그런 무성의 모습에서 무신행을 벌이며 강자들을 하나둘씩 꺾어 가던 백율을 엿보았다.

이제는 인정해야만 했다.

무성이 백율의 제자라는 사실을.

어떻게 천마혼에 갇힌 그 짧은 시간 동안 사제지간의 관계를 맺었는지는 모른다. 또 저렇게 월등한 성장을 이룩해 무신궁을 전멸 직전까지 몰아넣었던 이유명을 압도적으로 밀어붙일 수 있는지도 몰랐다.

하지만 한 가지만은 확실했다.

이로써 천마의 전설도 종막을 고하리란 사실을!

창마를 상징했던 마수창은 신병이기라는 위용에 걸맞지 않게 썽둥썽둥 잘려나가 볼품없는 꼴로 쇠락해 버렸다.

그러다 끝내 가루라염에 둘러싸인 채로 후려치는 쌍장과 함께 완전히 불살라져 가루가 되고 말았다.

쾅!

"컥!"

이유명은 가슴팍을 세게 얻어맞고 피 화살을 토하며 저만치 튕겨나 바닥을 구르고 말았다.

결국 끝까지 이유명을 보호하려던 천마혼은 가슴팍에 짙게 남은 화인(火印)과 함께 부서졌다.

—끼아아아아아아!

파스스······.

마지막 남은 망령의 절규를 끝으로 천마혼은 가루가 되어 사라졌다.

"아, 안 돼!"

이유명은 자신의 몸을 더듬었다. 바람에 흩날려 사라지는 천마혼을 붙잡아 보려 손을 뻗었지만, 가루는 손가락 사이로 통과해 이내 저 멀리 흩어져 사라졌다.

"안 돼에에에에에에!"

이유명은 관자놀이를 쥐어뜯으며 절규했다.

그에게 마지막 남은 힘이었다. 세상을 손에 넣을 힘이었다. 마신으로 우뚝 올라설 수 있게 해 줄 힘이었다.

그런데 그 힘이 사라지고 있었다!

분명 방금 전까지만 해도 전신에 충만했던 기운들이 하나도 없다.

텅 비었다.

마치 처음부터 아무것도 없었던 것처럼.

아니, 딱 하나 있긴 했다.

부서진 마령주의 조각들.

단전 속에 덩그러니 놓여 있는 그것들은 완전히 힘을 잃고 빛이 바래지고 있었다.

"돌아와! 돌아오라고! 천마가 생전에 남긴 유진이라며! 공력이라며! 사리라며! 그렇다면 이렇게 사라져선 안 되는 거잖아! 왜! 왜!"

하지만 아무리 울부짖어 보아도 나아지는 것은 없다.

결국 마령주가 마지막 남은 힘마저 잃고 바스라져 흔적조차 없이 사라지고 없을 때, 이유명은 정신이 나가고 말았다.

"흐히히히히! 내가 지금 꿈을 꾸는 거야. 그래. 꿈이야, 꿈! 그럼. 꿈이지. 꿈이고 말고. 천마혼에 휩쓸려서 망상을 꾸고 있는 거라고. 천마의 환생인 내가 고작 이깟 것에 당할 리 없잖아! 이놈! 진무성! 네놈이 무슨 수작을 부려 나에게 환각을 심어 주는지는 모르겠지만, 내가 현혹될 것 같으냐? 어서 썩 사라지거라, 이놈!"

울다가 웃다가 이내 아무것도 없는 허공에다 삿대질을 하며 크게 격노한다.

사실 이유명의 패배는 어쩔 수 없었다.

무성이 그릇을 깨면서 시작된 폭주. 안에서부터 붕괴되기 시작한 이유명이 이제 막 완성을 이룬 무성을 당해 낼 수는 없는 노릇이다. 천마혼이 완연했다면 모를 것이나, 그러지 못한 것이 패착이었다.

무성은 천천히 이유명 앞에 섰다.

녀석을 보는 눈가엔 착잡함이 담겼다.

분노와 동정이 섞인 눈빛.

분노는 백율을 비롯한 소중한 사람들을 여럿 해한 원한이고, 동정은 백율의 자식이면서도 인정을 받지 못해 결국 이런 선택을 할 수밖에 없었던 얄궂은 운명에 대한 것이었다.

그러나 죄는 용서받지 못한다.

그 사실을 알기에 백율도 마지막까지 이유명에 대한 당부를 남기지 못했다.

"성아야."

결국 장로들이 그를 부르며 뭐라고 말하려 했다. 하지만 무성은 손을 들어 그들을 제지했다.

"아무런 말씀 마십시오. 사부님의 혈육이라고 한들 달라질 것은 전혀 없습니다. 어떻게 해도 사부님은 돌아오지 못하니까요."

"……"

"……"

무성은 이유명을 보며 차갑게 말했다.

"부디 그곳에 가서 사부님과 깊은 대화를 나눠 보시오."

무성은 검지로 이유명의 미간을 짚었다.

곧 녀석의 칠공으로 피가 쏟아지더니 이내 두 눈이 뒤집히며 조용히 쓰러졌다.

전장으로 싸늘한 적막이 내려앉았다.

무인들은 서로가 서로를 엿보았다. 눈빛이 수없이 오고 갔다. 절대 이길 수 없으리라 여겼던 싸움이었다. 그런데 이겼다. 살아남은 것이다.

"이, 이겼어!"

"정말 우리가 이긴 거야?"

"이겼어! 이겼다고!"

"와아아아아아아!"

한 곳에서 터진 외침은 곧 전체로 퍼졌다. 환호가 울려 퍼졌다. 무인들은 눈물을 펑펑 쏟으며 기뻐했다. 이유명의 죽음으로 착잡했던 네 장로들도 결국 그 기쁨에 동참했다.

물론 아직 완전한 승리를 거둔 것은 아니었다. 아직도 무신련 곳곳에는 야별성의 잔당들이 남아 공격이 이어지고 있었다.

하지만 가장 큰 난적을 쓰러뜨렸으니 남은 싸움도 금방 해결되리란 믿음이 있었다.

무인들은 무성의 이름과 마라혈붕이란 별호를 언급하며 어느 때보다 쾌재를 외쳤다.

무성은 그들을 보면서 같이 웃다가, 이내 살짝 어두운 안색으로 하늘을 보았다.

'하늘이 어두워. 너무.'

분명 방금 전까지만 해도 맑았던 하늘이건만. 지금은 시커먼 먹구름이 몰려와 해를 가렸다. 햇볕이 들지 않아 우중충했다. 세상이 밤처럼 어두웠다.

비가 내릴 것 같지는 않았다.

하지만 해가 지고 달이 떠도 계속 저럴 것 같았다.

짙은 먹구름.

무성은 그 먹구름의 색깔이 왠지 천마혼을 이루던 마기와 많이 비슷하다고 생각했다.

*   *   *

무신련의 무사들도 야별성의 마인들도 승패는 이미 정해진 것이나 다름없다고 여기고 있었다.

그런데 변화는 한쪽에서 시작되었다.

"야별성을 몰아내라!"

"련을 수호하라!"

갑자기 련 한편에서 세 개의 군단이 깃발을 높이 들어 올리며 질주를 시작했다.

무(武)!

거대한 깃발 아래에서 그들은 질풍이었다. 돌풍이었다.

닥치는 대로 모든 걸 휩쓸고 다녔다.

무신련 내부로 침투를 시작한 야별성 마인들을 단숨에 쓸어버렸다. 그리고 별도로 명령이 떨어지지 않아 곳곳에 흩어져 있던 무사들을 병합하면서 단숨에 숫자를 불려 나갔다. 무사들은 그들의 활약에 크게 환호했다.

선봉에는 조철산을 비롯한 네 장로들이 섰다.

전장을 누비는 그들은 들불이었다.

한조명은 희망의 빛을 보았다.

"모두 무기를 버리고 투항하라!"

흑산기군과 천룡회가 있던 전각 주변을 청천기군이 삥삥 에워싼다.

석대룡은 근엄한 어투로 투항을 종용했다.

천룡회의 무사들은 인상을 굳히며 서로의 눈치를 살폈다. 하지만 답이 나올 리 만무하다. 결국 그들은 영호산에게로 향했다.

영호산은 허망한 눈빛으로 천장을 보았다.

"이걸로 끝인가?"

분명 반 시진 전까지만 하더라도 어디서나 잘 보이던 천마혼은 보이지 않는다. 궁에서의 일이 실패로 돌아갔다는 뜻이리라.

영호휘가 목숨을 버리면서까지 내주었던 기회다.

하지만 이젠 그 모든 게 허사로 돌아갔다.

"이만 포기하시게. 끝났다네."

한조명은 따스하게 말을 건네면서도 영호산이 무슨 일을 벌일지 모르기에 신경을 곤두세웠다.

영호산은 그의 눈치 따윈 신경 쓰지 않았다.

그저 가볍게 입을 연다.

"거룡궁과 영호권가의 무사들이여."

"하명하십시오."

"하명하십시오!"

무사들이 일제히 복창을 한다. 전각 내부가 쩌렁쩌렁하게 울렸다.

"그대들은…… 누구의 사람인가?"

"거룡의 사람입니다!"

거룡. 과거 무신이 영호휘에게 하사했던 호.

"그대들은 누구를 위해 검을 드는가?"

"거룡을 위해서 듭니다!"

"그대들의 목숨은 누구에게 바칠 것인가?"

"거룡을 위해서 바칩니다!"

한 치의 오차도 없이 우렁차게 대답하는 이들.

한조명을 비롯한 흑산기군은 하나같이 몸을 부르르 떨었다. 죽음을 눈앞에 두고도 일체의 흐트러짐도 없이 충성을 바칠 수 있는 사람은 몇이나 될까.

영호산은 피가 들끓는 눈으로 소리를 질렀다.

"그렇다. 우리는 거룡의 것이다. 그러니 장렬하게 산화하자. 거룡을 위해서!"

"와아아아아아!"

천룡회 무사들은 눈에 불을 켜며 앞으로 달려나가기 시작했다. 자신들의 안위 따윈 전혀 돌보지 않겠다는 듯이.

한조명을 비롯한 흑산기군은 재빨리 물러섰다. 대신에 그 자리를 청천기군이 메웠다.

석대룡이 싸늘한 얼굴로 명령을 내렸다.

"거룡의 흔적을 세상에서 지워라."

쿠르릉!

그렇게 천룡회는 수천 개의 칼날 아래 허물어졌다.

*　　　*　　　*

털썩!

하후충은 마지막 남은 집법사자를 베어 넘겼다.

"후우…… 후우……."

하지만 그 역시 상태는 그리 좋지 못했다.

왼팔은 어디론가 사라지고 없고 전신은 온통 피를 흠뻑 뒤집어쓴 혈인의 몰골이었다.

하후도가의 무사들도 크게 다르지 않았다.

반절이 죽거나 중상을 입어 더 이상 싸울 수가 없었고, 나머지 반절도 몸이 성한 사람은 찾아보기 힘들었다.

사실 집법사자와 재상부는 그들로서도 무시할 수준이 못되었다. 저항은 끈질겼고 체력은 계속 소모되었다.

물론 이 정도의 피해를 예상치 못했던 건 아니다.

천룡회, 야별성과의 공모에서 어느 정도 피를 보는 것쯤은 각오를 했으니까. 무신련을 손에 넣는다는 건 그만큼 고난한 작업이었다.

하지만 모든 게 뒤틀어졌다.

재상부 바깥으로 들리는 엄청난 함성의 물결이 이쪽으로 달려오고 있었다.

하후도가는 끝났다.

그것을 부정하지 못했다.

"후후후후! 진즉에 사위의 말을 들을 걸 그랬어. 가만히 앉아 있기만 해도 수고하지 않고 많은 것들을 이 손에 넣을 수 있었을 텐데. 괜히 주의를 기울인다 싶어 쥐새끼처럼 눈치를 보다가 몰락을 자초하고 말았으니"

하후충은 이미 진즉에 자신이 걸어온 길이 잘못되었다는 사실을 알고 있었다.

하지만 절대 인정하지 않았다.

인정하는 순간, 여태 자신이 걸어온 길이 부정당하는 것이니.

그래서 어떻게든 선택한 길이 옳았다는 것을 보여주기 위해 또 다른 극단적인 선택을 해야만 했고, 결국 그 모든 것들이 악수로 다가왔다.

사위를 잃었다. 동업자를 잃었다. 가문을 잃었다.

이보다 더한 나락이 어디에 있겠는가.

"아집이었던 게지."

나이를 먹으면서 고집이 세졌다. 눈이 어두워져서 멀리 보질 못했다.

문제는 그 악수를 그만두지 못한다는 점이다.

"그러니 미안하게도 너희들만이라도 데려가야겠구나."

하후충의 차가운 시선은 정면으로 향했다.

몇 남지 않은 무사와 문사들이 이를 악물며 지키려 하는 두 여인. 방소소와 유화다. 죽은 재상의 양팔이었던 아이들. 재상부의 꽃.

"꽃이라도 꺾어야 이 하후충이 후세에 최소한 뭐라도 했다는 한 줄기 문구라도 남길 수 있지 않겠느냐?"

저벅. 저벅.

하후충이 천천히 걸음을 옮긴다. 칼이 바닥에 질질 끌리면서 소름 끼치는 소리가 났다.

방소소와 유화의 떨림이 점차 커질 무렵,

쾅!

갑자기 문이 활짝 열렸다.

"거기까지 하시지요."

문가에서 들린 목소리에 하후충의 걸음이 뚝 멈췄다.

하후충은 비딱하게 고개를 돌렸다. 입가에 어느덧 진한 미소가 맺혔다.

"왔구나. 새로운 무신이여."

'성아!'

무성을 발견한 유화의 눈이 커진다. 그녀의 손을 잡고 있던 방소소도 크게 놀란 듯 손에 잔뜩 힘이 실렸다.

몇 년 만에 만난 무성은 예전과 많이 달라져 있었다.

그녀에게 지옥 같던 시간을 준 하후충의 기세에 맞서도 당당하다.

당장이라도 저 가슴에 와락 안기고 싶다.

눈가에 눈물이 살짝 맺혔다.

하후충은 방소소와 유화에게서 관심이 사라진 듯 몸은 완전히 무성 쪽으로 돌렸다.

"그래. 최소한 이름이라도 남기려면 이 정도쯤은 돼야겠지.

무신에게 덤빈 자는 너무 많았어. 하지만 차기 무신이라면 아직 이렇다 할 만한 녀석들도 없었을 테니 이름을 확실히 각인시킬 수 있겠군."

무성은 담담하게 말했다.

"두 사람을 풀어 주고 투항하시오."

"투항? 하! 어차피 몰락이 뻔한데 목숨을 구걸하란 말이냐?"

"죽는 것보단 낫지 않소?"

"허튼소리! 명예를 잃어버린 무사 따윈 쓰레기에 불과하다."

한평생 주변의 눈치나 살피며 살아온 하후충이었지만, 지금만큼은 무사가 되고자 했다. 그 역시 신주삼십육성에 이름을 올린 고수였다.

"허튼소리는 당신이 하고 있는 거요."

"뭐?"

"그깟 명예도 살아남아야 누릴 수 있는 거요."

"……"

"죽으면 그걸로 끝. 아무것도 남지 않소."

무성은 여태껏 살기 위해 발버둥 치며 살아왔다. 그렇기에 잘 안다. 하후충의 말 따윈 용기가 없는 자들이나 내뱉는 변명에 불과하다는 걸.

"하지만 살아남으면 다르오. 최소한 다시 시작이라도 할 수 있소. 남은 이들만이라도 추스르고 물러나시오. 길을 열어드릴 테니 조용한 곳에서 새로 시작하시오."

하후충의 눈썹이 꿈틀거렸다.

"우리는 반역을 저지른 자들이다. 그런데 살려 주겠다고? 아니, 그렇다고 해도 결국 응징이 가해지겠지."

"약속드리겠소. 우리 역시 더 이상 피를 보고 싶지 않소."

하후충의 눈빛이 잠시 떨린다.

"왜 우릴 살려 주려는 거지?"

"대사형의 마지막 남은 가족이니까."

"……그런가? 가족인가?"

그제야 하후충은 깨달았다.

어디서부터 어긋나기 시작했던 건지.

자신은 가문의 명예만 생각했을 뿐, 그 속에 담긴 가문의 의미는 여태 생각지 않고 있었다.

문인산이 그토록 가르쳐 주려 했던 게 이런 거였나.

'사위, 자네가 그리 가지 않았더라면 술이라도 한 잔 하면서 푸는 것인데.'

문인산이라면 얼마든지 술잔을 받아줄 것이다.

제아무리 서로 간의 앙금이 많이 쌓였다 하더라도.

그는 그런 남자니까.

'하지만…… 난 그런 남자가 되지 못했지.'

징!

수십 년 평생을 함께 한 애병이 길게 몸을 떨면서 강기를 맺는다.

'지금까지도.'

쉭!

하후충은 갑자기 몸을 뒤틀면서 칼을 방소소와 유화에게로 뿌렸다.

안도에 찬 한숨을 내쉬던 두 여인의 눈망울이 커진다.

강기가 둘을 베려는 찰나,

챙강! 퍽!

갑자기 칼이 휘둘러지다 말고 도중에 허리가 부러지면서 위로 튀어 올랐다. 동시에 새하얀 불꽃이 번쩍이면서 심장을 꿰뚫었다.

무성이 반사적으로 몸을 날려 강기를 쳐 내는 것과 동시에 가루라염을 박아 넣은 것이다.

울컥, 하후충은 피를 한 움큼 토했다.

"어째서요?"

"내가 죽어야 가문이 사니까."

"……."

하후충은 부들부들 떨리는 입꼬리를 말아 올렸다.

"내 업보는 모두 내가 업고 간다. 그뿐이야."

"……당신은 대사형을 닮았소."

"후후후후! 그……런가? 사위도…… 아들이라……더니."

하후충은 그렇게 스르르 쓰러졌다. 눈을 감은 마지막 모습은 웃고 있었다. 평소에 문인산이 짓곤 하던 평화로운 미소를.

무성은 하후충의 시신을 뒤쪽에 서 있는 하후영영에게 넘겼다. 하후충의 욕심 때문에 문인산과 혼인했던 여인. 이제는 남편과 아버지마저 잃은 불쌍한 사람이다.

"데려가시오. 그리고 떠나시오. 아무도 막지 않을 거요."

하후영영은 감사하다는 뜻으로 고개를 숙여 인사하더니 하후충을 안아 가문의 병력들과 함께 자리를 떴다. 잠시간 무사들이 그들을 보내야 하나 머뭇거렸지만, 무성이 가만히 고개를 끄덕이자 어쩔 수 없이 길을 열어 줬다.

"무성!"

그들이 완전히 떠나자, 유화가 눈물을 흘리면서 무성의 품에 와락 안겼다.

"괜찮아. 이제 끝났어."

무성은 그녀의 머리를 쓰다듬으며 다독여 주었다.

이제 정말 모든 게 끝났다.

                    *   *   *

"흐응! 이거 너무 쉽게 끝난 거 아닌가요?"

가마 위에 반쯤 누워 꿀에 적신 포도를 입에 던져 넣던 자항은 흥이 나지 않는 듯 뿌루퉁하게 볼을 부풀렸다.

아직 정확한 전황을 보고 받은 건 아니지만, 바보가 아닌 이상에야 쉽게 알 수 있었다.

무신련 내 소란이 진압되었다는 사실을.

그건 금태연도 마찬가지였다.

분명 모시던 교주가 죽고 창마를 비롯한 야별성의 주요 인사들이 대거 죽어 나갔는데도 불구하고 담담한 미소를 놓지 않는다.

자항은 거기서 흥미를 완전히 잃었다.

"역시 재미없는 사람이군요, 당신은. 모시던 군주가 죽었는데도 별반 반응도 없고. 흐응! 어쩔 수 없지요. 이제는 황실과 우리 동창의 영역이니."

자항은 옆을 보면서 손가락을 까닥였다.

곧 한 노예가 부리나케 달려와 고개를 조아렸다.

순간 주변에 있는 사람들이 '헉!'하며 헛바람을 들이켰다.

"도, 도깨비?"

"홍홍홍. 도깨비라니요. 저의 충실한 하인인 흑우(黑牛)랍니다."

보통 사람들보다 머리통이 한 개는 더 큰 팔 척 장신에 갑옷을 입은 것처럼 두꺼운 체구를 자랑한다.

하지만 사람들을 놀라게 한 것은 그런 게 아니었다.

새카만 피부.

까만색 도화지에 하얀 눈만 둥둥 떠다니는 것처럼 이상한 모습을 한 곤륜노(崑崙奴: 흑인)였다.

자항은 가마 한쪽에 놓여 있던 함을 열고 돌돌 말린 두루마리를 꺼내 흑우에게 건넸다.

"이걸 무신련의 새로운 주인에게 전해 주고 오세요."

흑우는 공손하게 받아 고개를 끄덕이더니 곧 스르르 공간 속으로 녹아들었다.

정말 도깨비가 따로 없었다.

第八章

모두의 꿈을 품다

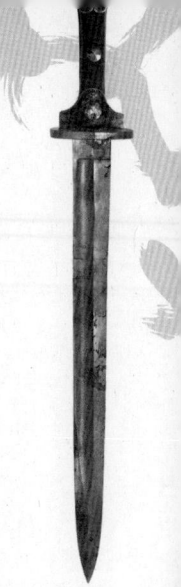

펑!

야별성의 진영 위로 붉은 폭죽이 터진다.

"우 첩형!"

"안다. 나도 보고 있으니."

동창의 첩형, 우학(羽鶴)은 금의위를 이끌고 무신련 내부에 막 입성하려는 찰나에 전해진 소식에 인상을 잔뜩 찡그렸다.

경쟁 관계였던 나옥이 기왕부에서 목이 잘린 후 잡은 기회다. 차기 태감의 자리를 노리고 있는 그로서는 공을 날리게 됐다는 사실에 분개할 수밖에 없었다.

하지만 이유가 어찌 됐건 간에 자항의 명령은 절대적이다.

철저한 상명하복.

그것이 오늘날 동창이 명실상부한 제일의 창위(廠衛)가 될 수 있었던 근본적인 이유다.

서창(西廠)과 내행창(內行廠)을 따돌리고 금의위를 발 아래로 둔 동창은 이미 여러 고관대작들도 벌벌 떨고 있을 정도로 절대 권력을 휘두른다.

그런 조직의 실권을 원하는 우학으로서는 상관의 눈 밖에 나서는 절대 안 됐다.

"어쩔 수 없지. 물러선다."

결국 우학의 명령과 함께 동창과 금의위는 일제히 무신련에서 벗어났다.

* * *

"저들이 물러나고 있습니다!"

성곽 쪽을 예의 주시하던 곡가장의 보고에 석대룡은 안도에 찬 한숨을 내쉬었다.

"후우!"

"참으로 다행이야."

"일단은 한숨을 돌릴 수 있게 된 건가?"

조철산과 고황은 한마디씩 내뱉었다.

그건 성문 쪽을 사수하던 황토, 자로, 녹명기군의 세 수장들도 마찬가지였다.

쉬지 않고 이어지던 폭격도 그쳤다. 얼마나 폭발음을 많이 들었던지 귀가 먹먹할 지경이었다.

무사들은 하나같이 널브러졌다.

너무 숨 가쁜 전투, 아니, 전쟁을 치렀다.

심신이 지쳤다.

피로가 수마처럼 닥친다.

하지만 어느 누구 하나 쉽사리 잠에 들지 않았다.

도리어 휴식을 취하되, 정신은 더욱 바짝 날을 세워 녀석들의 진영을 노려본다.

물론 걱정 따윈 없었다.

녀석들이 다시 미친 듯이 폭격을 가해도, 고수들이 개 떼처럼 몰려들어 무신련을 유린하려 들어도 능히 버텨낼 자신이 있었다.

아니, 이제는 이길 자신이 있었다.

그들에게는 이제 무적의 고수가 있으니!

"저 분만 있다면."

"새로운 무신이신 진 공자만 있다면 충분해."

"창붕! 창붕만 있으면 돼!"

"우리는 충분히 다시 일어설 수 있어!"

들끓는 수천 쌍의 시선이 뒤편에 마련된 임시 막사 쪽으로 향한다.

석대룡은 그 시선을 한눈에 받는 주인공의 어깨를 툭 하고 두들기며 기분 좋게 웃었다.

"어떤가? 그토록 원하던 영웅이 되었는데."

"……사실 조금 부끄럽습니다."

무성은 계면쩍은 표정이었다. 검지로 볼을 긁적였다.

그 모습이 귀엽게 보인다.

석대룡은 호탕하게 웃음을 터뜨렸다.

"하하하하! 어느 누가 이런 순둥이를 보고 한 손으로 천마혼을 찢어 버리고, 반란군들을 단번에 짓밟아버린 사람이라 생각할 수 있을까!"

칭찬이 이어질수록 무성의 콧잔등은 더 붉어졌다.

이미 무신련은 무성으로의 체재를 굳건히 갖췄다. 잡음 따윈 없었다. 반발도 찾기 힘들었다.

물론 처음엔 많은 소란이 있었던 건 사실이다.

무신 백율이 서거하고 말았으니.

무신이 누군가?

무신련에게는 신과도 같은 존재였다. 강북을 넘어 천하를 호령하던 영웅이었다. 그런 이의 갑작스런 죽음은 자칫 무신련의 와해를 부를 수도 있었다.

하지만 외부의 적은 내부 결속을 탄탄하게 한다.

하물며 승산이 없던 전황을 단번에 뒤집어 버린 인사임에
야.

무성을 중심으로 뭉친 청천, 홍염, 백호의 세 개 무군은 무
적군(無敵軍)이라 기치를 올리면서 단숨에 소란을 진정시켰다.

천룡회의 반란을 멸절시켜 흑산기군을 구원, 련내에 흩어졌
던 각 부대를 다시 연결시켰다. 또한, 곧장 중앙 지휘 본부라
할 수 있는 재상부를 들이쳐 하후도가를 축출해 지휘 체계를
완전히 복구했다.

이 과정에서 무성의 활약은 참으로 눈부셨다.

어느 누구도 거꾸러뜨릴 수 없을 거라 생각했던 천마혼을
거꾸러뜨리더니, 반란군의 총수라 할 수 있는 하후충을 단칼
에 베었다.

물론 이런 사실만으로는 영웅은 될 수 있을지언정 주인이
될 수는 없다.

명분은 있을지언정 정통성은 없으니.

하지만 조철산, 고황, 석대룡, 천리비영 등 홍운재 장로들
이 선언했다.

무성은 무신 백율이 죽기 전에 거둔 마지막 제자라고!

여기에 대해 감히 의문을 표하는 자는 아무도 없었다.

네 장로들은 백율이 무신행을 벌였을 때부터 가장 옆을 호

모두의 꿈을 품다 227

종했던 최측근들이다. 홍운재의 중심이기도 했다. 원로인 그들의 말은 천금보다 무겁고 만금보다 값졌다.

아니, 의심을 할 필요도 없었다.

여러 고수들을 눈앞에 두고도 단신으로 격파하는 신위는, 소싯적 무신을 동경했던 이들의 눈에 새로운 무신으로 보이기에 충분했으니.

더군다나 간간히 펼치는 가루라염은 무신팔법과도 상당히 비슷했다.

문제는 무성에게는 안 맞는 옷을 입은 듯 불편하다는 점이었다.

"하아! 사실은 잘 모르겠습니다. 비록 스승님의 제자가 되긴 했습니다만, 저는 한때 무신련을 상대로 척을 지기까지 했던 사람입니다. 그걸 모르는 사람들은 거의 없는데도 저를 이렇게까지 믿어 준다는 건 도무지……"

무성의 푸념에 석대룡은 피식 웃고 말았다.

"뭐가 그리 고민인가 했더니, 뭐, 별것 없었구만?"

무성은 저도 모르게 발끈했다.

"별것 없다니요! 저는……!"

"아니. 정말 별것 없는 게야. 자네들도 그렇게 생각지 않나?"

석대룡은 다른 장로들을 보면서 동의를 구했다.

조철산 등은 옳은 말이라는 듯 담담히 고개를 끄덕였다. 그중에는 다른 십대 무군의 수장들과 살아남은 여러 전각의 수뇌들도 섞여 있었다.

무성은 당황하고 말았다.

석대룡의 웃음이 더 짙어졌다.

"아직도 모르겠나?"

"잘…… 모르겠습니다."

"다른 일에는 아주 똑똑하다 못해 손오공을 손바닥 위에 올린 듯이 놀리는 부처님 같던 놈이 왜 이리 둔해? 자네는 이미 우리의 인정을 받았단 뜻이야."

"……!"

"그깟 원한? 과거의 사정? 헹! 개나 주라고 그래. 그딴 것들을 아무리 모아봤자 목숨을 구해준 것만 하겠나?"

무성은 입을 꾹 다물었다.

"과거의 일이 있고 난 후로 자네는 우리에게 많은 감명을 보여주었어. 백가 놈과 함께하며 쌍존맹을 뒤집으러 가는 자리에 있기도 했고, 자네 나름대로 우릴 대신해 야별성을 엎어버리기도 했지. 아주 속 시원하게 말이야. 하지만 가장 중요한 게 뭔지 아나?"

"……?"

"바로 자네가 백가 놈의 마지막 남은 제자란 거야."

"……."

"그것만 해도 이미 충분해. 우리는 백가 놈, 그놈만 보고서 모였던 놈들이고, 그 후계자가 그놈만 한 그릇이 못 된다면 당연히 찢어져 나갈 놈들에 지나지 않았어."

무성의 눈빛이 흔들린다.

무신은 여태 네 명의 제자를 두고도 후계자를 책봉하지 않았다. 홍운재도 어느 누구 하나를 지지하지 않았다. 문인산도 영호휘도 이유명도 주익도 다들 한 가지씩 무신련이라는 거대한 세력을 짊어지기엔 부족하다는 판단 때문이었다.

"하지만 자네는 보여주었지. 자네의 그릇을. 포부를. 꿈을 말일세. 우린 전부 거기에 감격한 게야. 백가 놈이 아닌 새로운 하늘을 보았단 뜻이지."

석대룡은 말을 계속 이어나갔다.

"그러니 자네는 자네를 믿게!"

"나를…… 믿어라."

"그래. 자네는 이미 우리들의 하늘일세."

무성은 잠시간 대답을 하지 않았다.

모든 이들의 시선이 그에게로 쏠렸다.

홍운재와 수뇌부를 포함해 무신련의 모든 무사들이. 석대룡의 목소리가 워낙에 커서 모든 이들이 그 말을 생생히 들었다.

그래서 그들은 기대했다.

무성의 대답이 어떤 것인지를.

그렇게 얼마나 지났을까?

무성이 갑자기 벌떡 자리에서 일어났다.

그는 모든 이들의 시선이 자신을 본다는 것을 뒤늦게 눈치채고 살짝 놀랐지만, 이내 신색을 회복하고 좌중을 훑어보았다.

수천 명의 눈길이었지만 일일이 마주치려 노력하면서 물었다.

"정녕 내가 여러분들의 꿈을 짊어져도 되겠소?"

모두가 웃는다.

"예!"

다시 묻는다.

"정말이오? 다들 후회하지 않을 자신 있소? 지금 당장 분위기에 휩쓸려서 내리는 결론일 수도 있소. 고심을 해도 절대 늦지 않소."

고황이 푸근하게 답했다.

"바뀔 일은 없을 걸세."

모두가 옳다는 듯 고개를 끄덕인다.

무성은 길게 숨을 골랐다. 그러다 눈을 부릅떴다.

확!

갑작스레 엄청난 기세가 바람을 타고 퍼지며 좌중을 압도한다. 몇몇은 헛바람을 들이키다가 놀란 눈이 되어 무성을 바라보기도 했다.

마치 거인이 그곳에 있는 듯했다.

천지간에 홀로 존재하는 거인.

그 존재감은 천마혼 따위와는 달랐다.

아주 넓고, 편안하며, 그윽하다.

하늘.

그래. 하늘을 닮았다.

언제나 그들이 뒤를 쫓던 무신 백율의 모습과도 너무나 닮았다.

"좋다. 무신련의 제이 대 무신으로서 명한다."

처척!

그 순간, 모든 이들이 벌떡 자리에서 일어나더니 일제히 부복해 고개를 숙인다. 십대 무군도, 재상부의 요인들도, 홍운재 네 장로들까지도.

"하명하십시옵소서!"

"모두 살아남아라."

"……?"

"그래서 내가 언젠가 너희들의 꿈을 이루는 것을 똑똑히 지켜보아라."

"······!"

모든 이들이 눈을 부릅떴다.

꿈을 함께 이루자!

그보다 확실한 말이 어디 있을까!

"무신강림(武神降臨) 군림천하(君臨天下)!"

"무신강림 군림천하!"

무신이 서면 하늘 위를 군림할 것이니!

그들의 외침은 하늘을 쩌렁쩌렁하게 울렸다.

                    *   *   *

무신련의 전열 재정비는 빠른 속도로 이뤄졌다.

여전히 성곽 밖에는 정체불명의 괴집단이 포진해 있는 상태다.

흑산기군의 조사로 일반 강호 문파나 야별성이 아닌 제 삼의 세력이란 사실이 밝혀졌지만, 그래서 더더욱 무신련은 촉각을 곤두세웠다.

화약을 가진 저들의 전력을 가늠할 수 없으니.

내부 정리는 재정부에서 나섰다.

재상 방효거사를 대신해 좌부의 방소소와 우부의 유화가 나섰다.

재상부의 쌍화(雙花)로 유명한 두 사람은 이미 미모만큼이나 출중한 능력도 련 내에 널리 알려져 있어 반발은 따르지 않았다.

십대 무군은 크게 세 개로 재편되었다.

무성을 도와 무신련을 탈환하는 데 앞장섰던 청천, 홍염, 백호는 창붕군(創鵬軍)으로 편성, 이름 그대로 련주 직속으로 배치되었다.

괴집단으로부터 성공리에 방어를 했던 황토, 자로, 녹명은 사자군(獅子軍)으로 통합되었다.

연결망을 담당한 흑산은 효율적인 운영을 위해 아예 사영각과 전통각 등 오각과 응집, 그 외에 남아 있는 잔여 무사들을 배속시켜 재상부 산하로 넣었다. 이름은 현무군(玄武軍)이었다.

모두 효율적인 운영을 위한 통폐합으로, 당장 제대로 된 운영에는 손발이 안 맞는 점이 많았지만 지금은 강제로 진행하는 수밖엔 없었다.

결국 덩치만 비대했던 무신련은 군살이 쏙 빠진 정예 집단으로 탈바꿈을 시도했다.

이렇게 빠르게 변하는 사이.

무성은 참오에 들어가 있었다.

'정리할 필요가 있어.'

무성이 백율에게서 받은 것은 아주 많다.

백안, 정화, 심득, 그리고 육체까지.

백안은 영통안에 녹아 사용하기에 크게 어렵지 않았다. 몇 번만 더 연습을 한다면 완벽하게 다룰 수 있을 것 같았다.

문제는 백율로부터 물려받은 유산들이다.

무성은 천마혼에게 마령주를 내어주면서 대신에 백율의 모든 정수를 가져왔다. 그가 수십 년 동안 쌓아올린 것들을 몸에 담았다.

하늘을 품어 버린 것이다.

물론 무성 역시 각성을 이루면서 입신경에 올랐다고는 하나, 아직 여러모로 생전의 백율과 비교하기엔 터무니없이 부족하다.

당연히 그릇에 비해 내용물이 넘쳐난다.

백안을 이용해 어찌어찌 다루고는 있지만 언제 터질지 모르는 폭탄과 같다.

마음 같아서는 폐관 수련이라도 들고 싶다.

하지만 지금으로써는 그럴 시간이 없다.

이에 무성은 편법을 사용했다.

'필요한 것만 뽑아 두고 나머지는 일단 봉인시키자.'

이를 위한 방법은 이미 봐 두었던 바가 있다.

천마혼.

생전 천마는 자신의 혼백을 분리해 천마혼과 마령주를 만들고 따로 보관하질 않았던가. 그와 비슷한 방식으로 천마혼에 들어온 내용물을 효율적으로 다루기 위해 인격을 크게 세 개로 나누기도 했다.

무성은 이 방식에 착안했다.

물론 새로운 인격을 만든다거나 혼백을 분리한다는 것은 아니다.

무의식이라는 심층에다 잠시간 묶어 두는 것이다.

여기에 무성은 무당파의 양의심법(兩儀心法)을 빌리고자 했다.

본래는 임의로 마음을 두 개로 나누어 수양을 더욱 깊게 들어가고자 도사들이 만들어낸 좌도의 법술 중 하나다.

이것을 알아내는 건 크게 어렵지 않았다.

이미 련 내에는 무당파의 유명한 고수가 있지 않던가.

"부탁드리오, 위 군주."

무성은 위불성을 향해 포권을 취했다.

그를 바라보는 위불성의 눈가가 파르르 떨렸다.

"왜요?"

무성은 고개를 들었다.

"무엇이 말이오?"

"왜 나에게 아무런 말도 하지 않느냔 말이외다."

위불성은 침울했다. 상체를 붕대로 칭칭 감은 그의 안색은 파리했다. 무성과의 충돌로 내상을 입은 탓이다.

무성은 쓰게 웃었다.

"그야 위 군주는 적에게 이용만 당했을 뿐……."

"그러니 그게 문제가 아니면 무엇이란 말이오!"

위불성은 크게 버럭 소리를 질렀다.

그때 문이 활짝 열렸다.

"왜 그러나? 무슨 일이라도 있나?"

조철산이 헐레벌떡 안으로 들어왔다. 무성을 궁으로 보내지 않고 발목을 묶은 사람이 위불성이라는 것을 알고 노심초사해 있던 차였다.

"아무것도 아닙니다."

조철산은 고개를 젓는 무성과 그런 무성을 잔뜩 노려보고 있는 위불성을 보고 '끙' 앓는 소리를 냈다.

여기서 그가 할 수 있는 일은 없었다.

위불성이 무성을 노려보는 이유도 분노가 아니라는 점을 알기 때문이었다.

결국 조철산은 다시 자리를 비켜 줘야만 했다.

하지만 이대로 그냥 물러서기엔 위불성의 생각도 알아줘야 하는 터라, 나서면서 어깨를 두들겨 주었다.

"자네도 이제 그만 고집부리게. 자네 성격이야 나도 잘 아네만, 그게 심하면 심할수록 련주에게도 부담이 크다는 걸 잘 알지 않나?"

"……."

"그럼 난 이만 나가 보지. 필요한 게 있으면 바로 부르게."

조철산이 나간 후에 위불성이 입을 열었다.

"본인은 죄인이오. 련……주께 부탁드렸던 대로 벌을 내려 주시오. 부탁이오."

무성은 고개를 조아리는 위불성을 가만히 보았다.

"예전에 대사형과 함께 련으로 복귀했을 당시에 위 군주께서 제게 하셨던 말씀, 기억하시오?"

"……?"

"은(恩)은 은. 원(怨)은 원. 은은 언제고 갚을 것이나, 원 역시 언젠가는 반드시 되돌려 줄 것이다."

"……!"

"여기서 그 원, 청산해 주시려오?"

위불성의 눈가가 다시 떨린다.

무성은 사내의 눈가에 맺힌 눈망울을 못 본 척 슬쩍 고개를 돌렸다.

"지금 당장 내게는 그런 자잘한 오해보다 위 군주, 당신이 필요하오. 당신의 손, 당신의 칼, 당신의 머리, 당신의 인덕,

그 모든 게 말이오."

"……."

"그러니 이만 고집 부리시고 돌아오시오."

털썩!

위불성은 결국 바닥에 무릎을 꿇었다.

무성이 재빨리 그를 부축하려 했지만, 위불성이 손을 뻗어 그런 그를 막았다.

"이 위불성!"

소리를 지르며 고개를 번쩍 든다.

눈물이 잔뜩 맺힌 눈. 하지만 그 너머로 이글거리는 불길을 보았다.

"새로운 련주님께 목숨을 다 바치겠나이다!"

그제야 무성의 입가에도 미소가 맺혔다.

"이러지 마십시오. 바닥이 많이 찹니다."

무성은 위불성을 일으켜 세우려 했지만, 여전히 그는 꿈쩍도 않았다.

결국 어쩔 수 없어 가볍게 한숨을 내쉬며 자리에 앉았다.

쓴웃음이 번졌다.

'이러니 사부님이 그토록 신임하셨던 거겠지.'

위불성은 백율에게 있어 절대 없어서는 안 될 사람이었다고 들었다. 련 내에 그를 깊이 따르는 사람들도 많으니 옹고집이야 보지 않아도 뻔하다. 아니, 이렇게 겪고도 모른다면 바보 겠지.

이런 사람을 대하는 방식은 딱 하나다.

당황하게 하는 것.

"그럼 원은 푼 듯하고, 이제 은을 받겠소."

"음?"

위불성이 놀란 나머지 토끼 눈을 뜬다.

다행히 제대로 먹힌 모양이다.

무성은 웃음이 나오려는 것을 속으로 겨우 삭이며 말했다.

"혹 결례가 되지 않는다면 위 군주 사문의 무학을 하나 빌릴 수 있겠소?"

"무엇을…… 말씀이십니까?"

위불성은 곧 안색을 회복하고 진지한 어투로 물었다. 무성을 주군으로 모시기로 완전히 마음 먹었는지 공손한 어투였다.

"양의심법이오."

"양의심법이라면 마음을 나누는 법술에 불과할 텐데요? 두 개의 심법을 동시에 운용하실 것도 아니라면 련주님께 도리어 해만 될 것입니다."

마음을 두 개로 나눈다는 것.

이것은 상당히 어려운 난이도를 자랑한다. 물론 능숙해진다면 큰 성과가 따른다. 남들보다 생각을 두 배로 할 수 있으니 보다 큰 성취를 이룰 수 있다.

하지만 무성과 같이 높은 경지에 오르면 이야기는 전혀 달라진다.

고수는 그 자체로서 하나의 독립된 큰 우주다.

우주를 나눠 봤자 무엇이 남겠는가. 결국 우주는 우주일 뿐이다. 도리어 방해만 많아져 성취가 느려질 수도 있다.

"도리어 이쪽으로 필요하시다면 무신팔법의 분천결(分天訣)을 이용하심이 어떠실는지요?"

위불성은 조심스레 의견을 내놓았다.

무성은 고개를 저었다.

"분천결은 단순히 여러 사고(私考)를 병행하는 것일 뿐 내게는 큰 힘이 되질 못하오. 혹 사문의 명령 때문에 내어주는 것이 허락되지 못한다면……."

"아닙니다. 드리는 것은 어렵지 않습니다. 양의심법은 어려운 성취만큼이나 익히려는 이도 적어 속가에게도 나누어준 지 오래니까요. 사문의 허락만 떨어진다면 어렵지 않습니다."

"하지만 내게는 당장 필요하오. 무당파에 연통을 넣으려면 상당히 시일이 걸릴 것인데."

"걱정 마십시오. 제가 임의로 결정을 내릴 수 있으니."

"그게 가능하오?"

"잊으셨습니까? 본문과 련의 관계를."

"아!"

무성은 그제야 감탄을 터뜨렸다.

무신련의 등장과 함께 구대문파는 모두 봉문에 들어섰다. 하지만 무당파만은 무신련과의 관계를 유지했다.

덕분에 련 내에는 위불성을 비롯해 상당수의 무당파 제자들이 들어와 있다. 이들은 요소요소에 배치되어 학연을 이뤘으니, 이들이 바로 작은 무당파라는 뜻의 소무당(少武當)의 시작이다.

소무당은 무당파에서도 분파로 인정할 정도로 상당한 발언권을 자랑한다. 당연히 위불성은 이들 소무당의 당수다.

"련주께서 필요하다고 하시니 바로 내어드리겠습니다."

"감사하오."

"다만, 한 가지 부탁드릴 게 있습니다."

무슨 부탁인들 들어주지 못할까.

"무엇이오? 말씀만 하시오."

"말씀하셨던 은, 물려주십시오."

무성의 눈이 크게 떠진다.

"이건 수하로서 응당 주군께 당연히 드릴 수 있는 영역 내의 것입니다. 앞으로 이런 일의 경우 그저 명령만 하십시오. 주군은 만인을 이끄는 군주이십니다. 부탁이란 말씀은 하시는 것이 아닙니다."

"……"

무성은 할 말이 없었다.

이 사람은 원래 이런 사람인 것이다.

고집이 세면서도 그만큼 순수한 사람.

"그리하겠소."

"감사합니다."

위불성은 다시 한 번 고개를 조아리고서 고개를 들었다. 어느덧 그는 단단한 기도를 가진 무인으로 돌아와 있었다.

"하면 지금부터 구결을 가르쳐 드리겠습니다."

무성은 곧장 가부좌를 틀고 허리를 반듯하게 세웠다.

＊　　　＊　　　＊

양의(兩儀)는 음양(陰陽)을 뜻한다.

여기서 양(陽)은 정신과 의지의 총집합이며, 혼이다. 우리가 의식하는 전부가 여기에 해당한다. 생각, 감각, 판단 등이 여기에 속한다.

음(陰)은 반대다.

의식이 닿지 않는 무의식의 세계이며 잠재의 영역이다. 백이다. 우리가 의식하지 못하는 전부가 속한다. 경험, 능력 등이 속한다.

혼명은 이 둘의 영역을 섞는다.

혼(混), 어지러뜨린다는 뜻만큼이나 음양의 구분을 나누지 않는다. 의식과 무의식의 세계를 통합하고, 잠재 능력을 수면 위로 끌어올려 능력을 배향시킨다.

덕분에 무성은 과거 무공에 입문한 지 일 년도 되지 않았는데도 불구하고 북궁검가가 자랑하던 북명검수를 쓰러뜨리는 능력을 손에 넣기도 했다.

그리고 혼명의 완성을 이룬 지금.

각성을 이뤄 새로운 혼명을 탄생시킨 무성은 그것을 다시금 역으로 돌리려 한다.

음양의 구분을 둔다. 혼백을 나눈다. 잠재 영역을 무의식에 다시 가라앉힌다.

어쩌면 현재 가진 능력을 깎는 멍청한 짓인지도 모른다.

하지만 급할수록 돌아가라고 했던가?

당장 무성은 백율의 유산을 모두 수용할 능력이 되지 못했다. 무분별하게 받아들였다가는 길을 잃고 이룬 그릇이 부서질 염려가 더 컸다.

그렇다면 아주 천천히 받아들일 필요가 있었다.

그릇이 커 나갈수록, 아주 조금씩.

그렇게 야금야금 습득하다 보면 언젠가 백율의 유산을 모두 받아들이고 음양도 다시 합치될 수 있지 않겠는가.

이에 무성은 아직 이해가 되지 않은 것을 한데 뭉떵그려 음의 영역으로 몰아넣었다. 무의식을 만들어 층면을 만들고 문을 굳게 닫아 빗장을 걸어 잠갔다.

대신에 양의 영역을 재정립했다.

혼명은 더 이상 혼명이 아니다.

기존의 껍질을 벗어던지고 새롭게 태어났다.

가루라염.

새하얀 백광(白光)을 자랑하는 백염(白炎)은 그 자체로 태양이었다. 무성의 체내에 자리 잡아 곳곳에서 힘을 불어넣었다.

이것은 함부로 다룰 수 있는 힘이 아니었다.

섣불리 꺼냈다가는 도리어 잡아먹힐 수도 있었다.

덕분에 무성은 가루라염을 효율적으로 다루기 위한 방식을 만들어야 했다. 백율이 금구환을 제어하기 위해 무신팔법을 만들었듯이.

백안을 뜬다. 거기서 비치는 한 줄기 선을 가져와 이리저리 엮는다.

여기에 그가 가진 모든 것을 녹인다.

곤호심법, 매영보, 육전검, 영운해법, 영통안, 염력……

그 모든 것들이 한데 어그러지다가 세 개의 선으로 분리된다.

무성은 여기다 창붕삼법(創鵬三法)이라 이름 붙였다.

큰 붕이 되기 위한 세 가지의 법칙.

앞으로 성장하면 할수록 백율이 그러했듯 법칙도 나날이 늘어날 테지만, 무성은 그 정도로도 충분히 만족했다.

무성은 가만히 눈을 떴다.

눈가엔 귀화, 아니, 이제는 신화(神火)라 불러야 할 불길이 잔잔하게 타오르고 있었다.

"성취를 축하하네."

호법을 서던 조철산이 그를 보면서 웃었다.

무성은 검지로 볼을 긁적였다.

"보이십니까?"

"조금은. 분명 방금 전까지만 해도 언제 폭발할지 몰라 들끓던 것이 잠잠해졌으니까."

"지금은 어때 보입니까?"

"잔잔하군. 마치 태풍이 불기 전의 바다처럼."

바다.

그만큼 크다는 의미리라.

"다행이군요."

무성은 가볍게 웃었다.

"그래서 얻은 건 있나?"

"잘 모르겠습니다. 다만."

무성은 허공에다 가볍게 손을 뻗었다.

문이 살짝 흔들리면서 한 줄기 바람이 불어왔다. 낙엽이 딸린 바람은 무성의 주변을 뱅글뱅글 맴돌았다. 낙엽은 소용돌이를 그렸다.

"이 정도는 할 수 있습니다."

조철산의 미간이 살짝 일그러졌다.

"호풍(呼風)이 고작 '이 정도'라. 자네, 어째 백가 놈을 많이 닮아 가는 것 같아?"

"그 스승의 그 제자가 아니겠습니까?"

"끙! 그래도 너무 닮지는 말게. 그놈 때문에 우리가 얼마나 많이 고생을 했는지 그새 잊었나?"

무성은 잔잔하게 웃다가 물었다.

"그나저나 얼마나 지났습니까?"

"닷새."

무성의 눈이 커졌다.

"벌써 그만큼이나 지났습니까?"

고작 하루 정도라 생각했던 터라 놀라고 말았다. 한 번 명상에 잠기고 나면 속절없이 흐르는 것이 시간이라지만 이 정도는 너무 심하다.

"그래도 걱정은 말게. 그사이 아무런 일도 벌어지지는 않았으니까."

"물러난 겁니까?"

"그럴 리가. 녀석들은 여전히 그 자리에 있다네. 도대체 무슨 생각인지 모르겠어. 뭐, 덕분에 우리 쪽도 충분히 휴식을 취할 수 있었지만."

녀석들은 승기를 거의 거머쥐고도 천마혼이 쓰러지자 곧장 물러섰다. 그러고는 아무런 동작도 없이 쭉 진을 치고 있다고 했다.

"혹 녀석들의 정체를 알 수 있을까 싶어 현무군에서 척후병을 보내긴 했네만 그때마다 녀석들이 귀신같이 알아채고 화포를 쏘아 대는 통에 그럴 수가 없었다네."

"아무래도 저들이 자리 잡은 지역은 평원이니까요."

"그래. 시야가 확 트이니 어쩔 수가 없지. 하지만 정도가 너무 심해. 심지어 자신들을 상징하는 깃발도 내걸지 않고 있으니."

조철산의 시름은 더욱 짙어졌다.

"심지어 천리비영도 속수무책이었다네. 가까이 가려고만 하면 어디선가 고수들이 나타나 앞길을 막았다더군."

"그들의 정체는요?"

"몰라."

"예?"

무성은 믿을 수가 없었다.

천리비영의 잠행이 들킨 것도 그런데, 무신련이 모르는 고수가 있다고?

"분명 그만한 고수들이라면 우리들도 면식이 있을 텐데 말이지. 비록 복면으로 얼굴을 가리고 있다 한들, 고수만이 가진 특유의 기질이나 특징은 바뀌지 않는 법이거든. 그런데 전혀 알 수가 없었어. 면식도 전혀 없었고."

"혹 야별성이 숨긴 전력이 아닐까요?"

"아니. 그건 아닐 걸세. 평생을 놈들과 싸워온 우리일세. 설마하니 그만한 정보도 없을까? 단언컨대 녀석들은 갑자기 나타났어. 마치……."

조철산은 무성의 눈을 응시하며 말했다.

"자네처럼."

무성은 입을 꾹 다물었다.

확실히 과거에 무신련으로서는 귀병가의 등장이 갑작스러웠으리라.

갑작스레 절정고수들이 대거 쏟아진 것이니.

하지만 그런 무신련마저도 천옥원의 존재는 알고 있었다. 때문에 영호휘가 정체를 숨기고 대웅으로 들어오지 않았던가.

아마 무신련은 야별성의 존재에 대해서도 속속들이 알고 있었을 거다.

그런데도 그런 게 전혀 없었다는 것은,

"역시나 제 삼의 세력이란 뜻이로군요."

"그래."

무성의 미간이 살짝 좁혀졌다.

야별성을 이제야 겨우 무찔렀나 싶었는데 또 다른 홍수가 덮쳐 온 격이다.

"그뿐이 아닐세."

"또 있습니까?"

"련과 각 지방 분타들과의 연결망이 모두 끊어졌네."

"예?"

"닷새 내내 한 통의 전서구도 오지 않았어. 이쪽에서 보낸 전서구도 아무런 연락이 닿질 않고."

"아!"

강호 도처에 흩어진 세력을 모아도 만만치 않은 숫자를 형성한다. 그들이 있다면 지금의 위기를 타개할 수 있을 것인데.

"각개격파를 당했겠군요. 우리를 고립무원 시키기 위해."

"나도 그렇게 보고 있다네."

"중원 도처에서 한날한시에 세력을 움직일 수 있는 곳이라니."

대체 이 제 삼의 세력은 어떤 곳일까?

무력, 세력, 정보력, 금력까지 빠지지 않는 게 확실했다.

알면 알수록 더 위기감이 커진다.

한편으로는 정체가 더 떠오르지가 않는다.

"어쩔 수 없네요. 제가 가 보겠습니다."

"자네가?"

"예. 어느 누구도 저는 건드릴 수 없을 테니까요."

조철산은 쓰게 웃고 말았다.

분명 그의 입장으로서는 무신련주를 그런 적진 한가운데에 보내는 것은 절대 용납하지 못할 일이었다. 하지만 반면에 무성의 말도 맞았다.

과거 백율은 홀로 대라종을 격파하고 무신련을 세웠다. 하물며 당년의 백율과 비교해도 절대 뒤지지 않을 무성이라면야.

무신도 천마도 없는 시대.

이제는 무성이 천하제일인(天下第一人)이다.

마음만 먹는다면 홀로 저 괴집단을 몰살시키는 것도 무리는 아니리라.

제아무리 천리비영도 어쩌지 못할 고수들이 득실거린다 할지라도.

무성을 막을 수 있는 법은 딱 하나.

'그와 비슷한 입신경의 고수가 나타나는 것.'

하지만 그럴 리가 만무하지 않은가.

"물론 가는 길이 심심하니 혼자 가지는 않을 겁니다. 장로님들도 같이 가셔야죠?"

"못된 친구 같으니라고. 우리 같은 늙은이는 이제 은퇴하도록 내버려 두면 안 되겠나?"

"안 됩니다."

"허! 이거 다른 련주를 생각해 봐야 하나?"

조철산은 가벼운 농담을 주고받다가 말했다.

"나서는 건 어렵지 않지. 하지만 가기 전에 한 사람은 만나고 가시게."

"누굽니까?"

"사신일세. 사실 꼬박 닷새 전부터 자네를 기다리고 있는."

*　　　*　　　*

무성은 무너진 무신궁 대신에 재상부에 대신 거처를 마련해 쉬고 있었다. 당연히 창붕군이 이 주변을 철통같이 경계했다.

석대룡의 지휘 아래 재편된 창붕군은 그야말로 기세가 하늘을 찔렀다.

본래부터 십대 무군 중에서도 최정예로 소문났던 이들만 추려서 만든 조직이다 보니, 당연히 그들의 기강은 아주 엄중

했다.

하지만 그런 창봉군에게 딱 한 가지 눈엣가시가 있었으니.

"음! 으으으음!"

석대룡은 영 마음에 안 드는지 침음성을 흘렸다. 오른쪽 눈썹은 살짝 말려 올라갔다. 심통이 단단히 난 얼굴은 언제 노호를 터뜨릴 줄 몰랐다.

이게 모두 재상부의 문앞에 서 있는 사내 때문이었다.

새까만 얼굴. 괴집단으로부터 서신을 들고 찾아온 곤륜노다.

곤륜노는 여러모로 사람들의 이목을 집중시켰다.

련내에서 가장 큰 덩치를 자랑하던 석대룡이 아이처럼 느껴질 정도로 위압감 넘치는 덩치.

그러면서도 마치 학자처럼 차분한 눈빛은 고황을 연상케 했고, 이따금 걸을 때마다 느껴지는 표홀함은 마치 무게가 없는 듯 가벼워서 천리비영을 능가했다.

그런데도 은은하게 뿌려지는 기도는 조철산과 맞먹을 정도이니 어찌 신경이 안 쓰일 수 있을까.

곤륜노는 저 머나먼 구라파(歐羅巴, 유럽)보다도 아래에 있는 미지의 대륙, 아불리가(阿弗利加, 아프리카)에서나 사는 존재들이다.

당연히 중원까지 오는 경우는 아주 드물며, 있더라도 노예

상들을 통해 배를 타고 오다가 난파되어 떠내려 오는 경우가 대부분이다.

그래서 명칭 내에 '노(奴)'자가 있지 않겠는가.

그런데 그런 곤륜노는 마치 고관대작들이나 입을 법한 귀한 비단옷을 입고 있다. 풍기는 위세도 절대 여느 고수에 못지않으니 무공을 익혔다는 뜻.

당연히 신분이 궁금할 수밖에 없다.

하지만 중원을 넘어 새외까지 강호 전역에 정보망을 넓게 펼쳤다는 사영각에서도 녀석의 정체를 추론하는 데는 실패했다.

그저 확실한 것은 신분이 대단하다는 것.

그리고 곤륜노를 보낸 사람이 어떤 꿍꿍이 속내를 가지고 있다는 정도가 전부였다.

모두의 머릿속이 어지러워지는 그때였다.

재상부의 문이 열리며 조철산이 나왔다.

석대룡이 다급하게 물었다.

"련주는?"

"눈을 떴네."

"오오! 하면……?"

"당년의 백가가 와도 뒤지지 않아."

"호오!"

석대룡은 감탄에 찬 탄성을 질렀다. 그건 엿듣고 있던 창붕군들도 마찬가지였다. 자신들이 모시는 새로운 주인에 대한 자부심이 부쩍 커졌다.

조철산은 자세한 건 나중에 이야기해주겠노라며 말해 주곤 곤륜노 앞에 섰다.

"련주께서 뵙자고 하시오."

곤륜노는 말없이 묵묵히 고개를 끄덕였다.

너무나 당연하다는 듯한 오만한 태도에 조철산은 부아가 치밀었지만, 사신을 닷새나 강제로 묶어 둔 건 자신들의 잘못이기에 꾹 눌렀다.

"날 따라오시오."

第九章

황제의 뜻

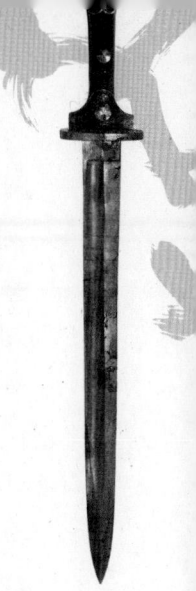

　무성이 처음 곤륜노를 만났을 때 드는 생각은 '아주 크다'
였다.

　영호휘나 석대룡보다 더한 거구가 있을 줄이야.

　하지만 뒤이어 드는 생각은,

　'기질이 익숙해.'

　반박귀진의 경지에 오르면 기운이 겉으로 드러나지 않도록
갈무리하는 것이 가능하다지만, 백안을 지닌 무성에게는 통
용되지 않는 이야기였다.

　그런 무성에게 곤륜노가 품은 기운은 훤히 보였다.

　들끓는 용암이다.

지저 세계에 흐르는 용암은 아직 분출되지만 않았을 뿐, 때만 된다면 지면을 뚫고 치솟아 모든 것을 집어삼킬 터였다.

과연 홍운재의 네 장로들이 겨뤄도 당적이 될까 싶을 정도로 강하다.

중원인이 아닌 곤륜노가 무공을 익힌 것도 신기한 일이지만, 정작 무성을 가장 놀라게 한 것은 용암을 연상케 하는 기운의 근원이었다.

'혼명.'

분명 무성과는 느낌 자체가 다르다.

하지만 본디 혼명은 시전자의 특성에 따라 성질을 달리한다. 간독과 남소유도 무성과 상당히 다른 특징을 자랑하지 않던가.

그러나 무성에게는 보인다.

곤륜노의 근원이.

그것도 무성처럼 혼명을 주공으로 익힌 자다.

한때 이법이라고 불렸던 혼명을 이처럼 능수능란하게 사용할 수 있는 곳은 딱 하나.

"북궁검가가 남아 있었던가?"

무성이 불쑥 꺼낸 말에 문가를 지키고 있던 조철산이 놀란 눈이 된다. 북궁검가라는 단어에 그 역시 곤륜노의 숨겨진 비밀을 눈치챈 것이다.

하지만 곤륜노는 담담히 답했다.

"있기도 하고 없기도 하오."

발음은 다른 중원인과 비교해도 나쁘지 않았다.

"본래 혼명의 주인은 우리였으니."

"뭐?"

놀라운 비밀을 아무렇게나 내뱉는다.

"본관은 황실에서 나왔소. 정삼품 감찰어사 흑우. 그것이
본관의 직책이오."

"......!"

"......!"

무성과 조철산의 눈이 부릅떠졌다.

갑자기 황실이 나타났다?

"그리고 이것은 내가 모시는 분이자 동창의 제독이신 자항
태감께서 새로운 련주께 드리는 서찰이시고."

흑우는 공손하게 두루마리 서찰을 내밀었다.

조철산은 의심 가득한 눈길로 흑우를 잔뜩 노려보다가 그
것을 받아 태사의에 앉아 있는 무성에게 건넸다.

무성은 즉각 그것을 펼쳐 보았다.

가당치도 않게 감히 자신더러 무신이니, 련이니, 함부로
지껄여 대는 강호 무뢰배들의 수장은 들으라.

첫 문구부터 도발한다.
불길한 느낌이 등골을 엄습했다.

　당금 그대들의 무도한 위세가 하늘을 찔러 대 조정 대신
들의 심신을 어지럽히고, 백성들을 불안과 공포로 몰아넣
고 있도다. 그대 역시 만천하의 주인이시자 하늘의 아들이
신 황상께서 돌보셔야 할 충실한 신하이자 귀여운 아이이
실 것일진대, 어찌도 참혹한 짓을 저지르는가?
　이에 본 제독은 황상의 심중을 대변해 그대에게 권고하
노라. 즉각 패악을 일삼는 도당의 무리들을 해체하고 스스
로의 발로 걸어 나와 무릎을 꿇고 그동안의 죄에 대한 용
서를 구하라. 그래야만 그대의 참혹한 죄에 대해 정상적인
참작이 가능할 것일지니.

이것은 선전포고다.
황실과 조정에서 강호의 일에 무력 개입을 하겠다는.
'이것을 노렸구나.'
무성은 눈을 질끈 감았다.
흔히들 무림과 관부는 서로 불가침이라고 한다.
하지만 이것은 뭘 모르고 하는 소리다.

서로의 영역에 침범하게 되면 둘 모두 골치 아픈 일만 벌어지니 적당한 이유를 내세워 그저 모른 척하는 것이다. 무림은 관부를 도둑놈이라 욕하고, 관부는 무림을 무뢰배라 비하한다. 두 세력 간의 균형이 맞았을 때에나 가능한 일이다.

하지만 균형의 틀이 틀어지는 순간 모든 게 끝난다.

과거 원(元)이 무림을 탄압할 당시에 도처에서 무림지사들이 들고 일어나 반란을 일으키고 군벌을 형성하지 않았던가. 그 때문에 주원장이 명(明)을 세우는 것이 가능했다. 무림 세력이 국가가 된 것이다.

아니, 너무 멀리 갈 필요도 없다.

당장 야별성이 초왕부와 결탁해 당금의 정권에 도전장을 던지려고 했던 것도 그와 유사한 결과다.

'조정에서는 이미 알고 있었어. 불온한 움직임을.'

이따금 그런 생각도 해 보았다.

기왕이 황도에 입성한지 얼마 되지 않아 기다렸다는 듯이 초왕부를 향해 토벌군이 신속하게 움직였다.

그때는 생각 이상으로 이빨을 드러냈던 야별성의 계획에 정신이 없어 깊게 생각해 보지 않았지만, 황실이 이미 전부터 초왕부와 야별성의 연결 고리를 읽고 있었다면 이야기는 가능해진다.

애초에 명분이 필요했던 것이다.

초왕부를 토벌할 수 있는 명분.

그리고 기회 또한.

본래 지역의 군벌을 형성하고 있는 군왕을 처벌하는 것은 상당한 무리가 따를 수 있다. 위기감을 느낀 다른 군왕들이 결탁하려 들 수도 있고, 때에 따라서는 내전이 장기화될 가능성도 있기 때문이다.

하지만 무성과 기왕부가 초왕부의 이목을 끌어 군대를 한데 묶어 버리는 동안이라면…… 명분과 기회, 두 가지를 동시에 거머쥘 수 있다.

그리고 여세를 몰아서 무신련을 완전히 고립시키기 위해 지방군을 움직여 각 분타를 일시에 점거하거나 토벌해 버렸으리라.

'잠깐, 그렇다면 기왕부는?'

초왕부와 야별성을 일망타진하는 것이 황실의 의중이었다면, 스스로 황도로 입성한 기왕은……!

"한 가지 말씀을 드리자면, 기왕부의 도움을 바라지는 마십시오. 현 련주께서 기왕부에 임관한 가신이란 사실은 파악하고 있습니다. 하지만 보름 전, 기왕께서는 황도에 구금되셨습니다. 이미 영지는 박탈당하고 재산은 가압류 절차를 밟고 계십니다."

둔탁한 무언가로 머리를 세게 얻어맞은 듯 어지럽다.

황실의 노림수가 이제야 확실해진다.

황권 강화!

오늘날 황실의 가장 큰 위협이 되는 두 머리, 기왕부와 초왕부를 한꺼번에 제거해 버렸다. 이이제이, 오랑캐로 오랑캐를 무찌르는 데 성공한 셈이다.

더 나아가 조정의 걸림돌이 되는 무림도 일망타진했다. 무신련과 야별성의 공멸을 유도해 거기다 쌍존맹까지 휩쓸리게 만들었다.

지금 남은 무신련은 쭉정이일 뿐.

현 강호에 이렇다 할 만한 거대 세력은 없다.

즉, 무신련만 제거한다면…… 현 황실은 역사가 시작된 이래 둘도 없는 중흥기를 맞을 수 있다.

와락!

서찰을 들고 있는 손길에 힘이 잔뜩 실려 구겨진다.

조철산도 돌아가는 상황을 눈치껏 알아차리고 인상을 굳혔다.

곤륜노, 흑우가 입을 열었다.

"몰래 빠져나가거나 저희와 부딪칠 생각 따윈 추호도 하지 마십시오. 이미 가까운 기왕부, 아니, 기왕부였던 황실 직할령(直轄領)에서 오만이 넘는 토벌군이 출정을 했으니까요."

"……!"

"……!"

*　　　*　　　*

두두두두!

지축을 뒤흔드는 수만 명의 물결.

말이 대지를 두들길 때마다 거대한 흙먼지가 꼬리처럼 끝없이 이어진다.

그들의 머리 위로 두 개의 깃발이 나부낀다.

기(冀)와 황(皇).

그중 가장 선두에선 황실에서 내려온 듯한 군부의 인사가 수하들을 재촉했다.

"달려라! 이제 거의 다 왔으니!"

그 뒤를 바짝 따르던 장수. 투구를 푹 눌러써 얼굴을 알아볼 수 없는 그, 아니, 그녀의 턱밑으로 물줄기가 한 방울 흘러내렸다.

*　　　*　　　*

무성은 빠르게 머리를 굴렸다.

'황실이 무신련을 토벌 대상으로 규정했어. 토벌군의 숫자

는 못해도 오만 명 이상. 어쩌면 과거 기왕부의 병사들이 모두 몰려올지도 몰라.'

구 기왕부의 군대로서는 어쩔 도리가 없다.

반란을 일으킨다면 당장 황실에 가장 큰 위협이 될 것이나, 황실은 기왕의 목숨을 인질로 삼고 있으리라.

벽해공주, 주설현의 슬픈 얼굴이 언뜻 떠올랐다.

무성은 이를 악물었다.

'적의 군세는 최대 십만.'

어마어마한 숫자다.

제아무리 무신련이 강북 제일의 문파라고 한들 중과부적이다.

'다른 곳에 손을 뻗어야 해. 어디가 있지? 황실을 제어할 수 있을 만큼 세를 가진 곳이?'

강호 무림의 저력은 크다. 무신련, 쌍존맹, 야별성. 그 어디에도 속하지 않은 곳.

있다.

그런 곳이.

'구대문파!'

무신련을 피해 봉문을 택했던 자들!

그들과 손을 맞잡는다면?

제아무리 구대문파가 무신련과의 사이가 좋지 않다고 한

들 같이 할 수밖에 없다. 그들로서도 황실에서 무림을 속박하려 드는 것이 못마땅할 테니.

더군다나 다행히 무성은 구대문파의 몇몇 인사들과 좋은 감정 교류를 나눌 기회가 있었다.

하지만,

"그리고 구대문파를 종용할 생각은 하지 마십시오."

무성은 머릿속을 읽힌 듯 눈이 커졌다.

흑우는 유일하게 새하얀 이를 훤히 드러냈다.

"이미 그들은 모두 잠에서 깨어난 지 오래요."

                    *   *   *

구대문파는 짧게는 오백 년, 길게는 천 년에 달하는 엄청난 역사를 자랑한다. 종교적인 형태를 띠기에 민중에도 고스란히 녹아 거대한 지지를 형성한다.

소림, 무당, 화산, 종남, 청성, 아미, 점창, 공동, 곤륜.

잠들어 있던 이들이 일제히 기지개를 켰다.

그리고 크게 포효했다.

강호의 주인이 누군지 가르쳐 주기 위해서!

                    *   *   *

"물론 참여하지 않은 곳들도 있습니다. 소림은 봉문을 선언하고, 무당과 화산은 중립을, 종남은 유명무실해진 지 오래니. 하지만 다른 다섯 문파는 따르기로 약조하였으니. 이들 의정회(義正會)는 주상 폐하의 의지에 따라 그대들을 몰아내겠노라 약조를 하였습니다. 이미 그들도 토벌군과 마찬가지로 근처까지 왔음이 확인되었지요."

"……."

"……."

기나긴 침묵이 흐른다.

"그러니 선택하십시오. 이대로 성문을 굳게 걸어 잠그고 농성을 벌이다 한때의 찬란한 빛무리로 사라질 것인지, 아니면 스스로의 걸음으로 나와서 목을 내놓을 것인지."

흑우는 확실하게 못을 박았다.

"물론 당연한 말이겠지만, 태감께서는 거래의 여지 따윈 주지 않으셨습니다. 련주, 그대의 신분이 과거 황족을 시해한 역적인 것이 확인되었습니다."

기왕이란 배후가 사라진 이상, 무성의 신분은 두고두고 약점이 될 수밖에 없다.

도리어 황실로서는 좋은 명분이 된다.

역적이 도당을 형성해 천하의 질서를 어지럽히려 든다고 발

표하기만 하면 되는 것이니.

무성은 가만히 눈을 감았다.

'대체 어떻게 해야 하지?'

역적인 자신을 따르면 무신련은 같이 한데 묶일 수밖에 없다.

무신련만이 아니다.

귀병가.

기왕부의 영지에 있을 그들의 운명은 어찌하려고?

이들을 위해서라도 놓아 줘야만 한다.

사부님의 유지를 잇지 못하고 무신련을 자신의 대에서 해체하는 천인공노할 죄를 짓긴 하지만, 무고한 이들의 목숨까지 잃을 수는 없다.

'죄송합니다, 사부님.'

결국 무성의 판단이 내려졌다.

흑우도 그의 생각을 읽고 미소를 지을 무렵,

"다시 생각하게, 련주."

조철산이 무성을 깨웠다.

무성이 그를 바라본다. 조철산은 잔뜩 굳어진 얼굴로 입을 열었다.

"그새 잊었는가? 닷새 전의 결의를. 우리들의 뜻을."

"하지만 장로님……!"

"자네가 무슨 판단을 내리던, 자네가 어느 자리에 있건 간에 우리는 자네의 편일세. 그러니 우리를 믿으시게."

"……."

무성은 다시 한 번 눈을 감았다.

수많은 갈등이 지나간다.

그러다 떴을 때, 한 쌍의 신화가 타올랐다.

흑우가 입을 열었다.

"결국 미련한 저항을 택하시는군요. 잘 알겠습니다. 태감께는 그리 전해드리지요."

그가 공손하게 고개를 조아리려는 찰나,

쉭!

갑자기 무성이 흑우를 향해 검결지를 휘둘렀다.

번쩍 하고 백광이 방 안을 가득 채웠다.

흑우는 쉽게 당하지 않았다.

마치 무성이 공격할 것을 미리 알고 있었다는 듯이 묵직한 주먹을 맞부딪친다.

쾅!

가루라염이 폭사되어 흩어진다.

흑우는 재차 왼쪽 주먹을 내뻗었다. 강렬한 경력이 소용돌이를 그리며 나타난다. 가루라염과 비교해도 절대 뒤지지 않는 열기가 꽃처럼 피어났다.

하지만 흑우의 공격은 마저 이어지지 못했다.

흩어져 사라질 것으로만 생각했던 백염이 흑우 뒤편에서 한데 뭉쳐 들더니 아가리를 확 젖히면서 그의 허리를 와락 깨무는 게 아닌가!

"……!"

화르륵!

백염은 흑우의 몸을 타고 금세 들불처럼 번졌다.

세상 모든 것을 녹여 버릴 듯한 엄청난 열기.

흑우는 살갗이 타들어 가고 내공이 녹아내리는 고통 속에서 울부짖었다.

"사신을 이렇게 홀대하는 경우는 없소!"

"그것을 지키는 곳도 잘 없었지."

무성은 아무런 대답도 하지 않고 검결지로 사선을 그었다. 그러자 백염은 더욱 크게 치솟아 흑우를 완전히 집어삼켰다가 천천히 사그라졌다.

녀석이 남은 자리에는 타 버린 재만이 남았다.

'경지에 오른 것은 알고 있었지만 이 정도일 줄이야.'

조철산은 무성을 보면서 가볍게 고개를 저었다.

지금 죽은 흑우만 하더라도 그가 상대하기가 여간 까다로울 수밖에 없는 존재였다. 황실에서 심혈을 기울여 탄생시킨 존재이리라.

하지만 무성은 단 두 수만에 녀석을 눌러버렸으니.

한편으로는 무성이 무슨 생각인지도 궁금했다.

사신을 해한 지금 이 순간, 무신련은 반란을 선언한 것이나 다를 게 없었으니.

궁금증은 금방 해소되었다.

우두둑!

갑자기 뼈가 뒤틀리는 소리와 함께 무성의 골격이 변하기 시작했다. 키가 커지고 살갗이 까매진다. 하얀 눈과 이가 훤히 도드라져 보였다. 분명 방금 전에 죽은 흑우였다.

"련을 부탁합니다."

"어쩔 생각인가?"

"저들이 치기 전에 먼저 이쪽에서 쳐야지요."

"허허허! 정말 돌아올 수 없는 강을 건너려는군."

"사부님께서 떠나시기 전에 하셨던 말이 있습니다."

"뭔가?"

"하늘 아래에 있는 것들을 지켜라."

"……?"

"내 사람들을 지키란 말씀이셨습니다. 무신련은 이제 제 사람들입니다. 누가 되었건 간에 당연히 그들을 지켜야 하지 않겠습니까?"

"그래. 맞는 말일세."

조철산은 싱긋 웃으며 고개를 끄덕였다.

"하면 나는 자네가 올 때까지 철저하게 농성에 임하도록 하지. 외부로 나간 정찰병과 척후병들도 모두 돌아오도록 명령을 내리겠네."

"부탁드리겠습니다."

"허! 위 군주가 했던 말을 그새 잊었는가? 자네는 이제 군주야. 수천 명의 목숨을 좌지우지하는. 부탁이 아니라 명령을 내리게."

"……예. 그럼 명하지요."

무성은 가볍게 숨을 고르더니 차갑게 말했다.

"조 장로, 그대는 무슨 일이 있어도 련을 절대 사수하라. 단, 응원군이 도착할 시에는 즉각 움직여라."

조철산은 무성이 언급한 '응원군'이 무엇인지 궁금했지만 묻지 않고 복명했다.

"존명. 련주님의 말씀에 따르겠나이다."

조철산은 한쪽 무릎을 꿇어 장난스럽게 응수하고는 건물을 빠져나갔다.

무성은 타버린 시체를 가만히 응시하다가 스르르 공간 속으로 녹아들었다.

때마침 분 바람에 재가 흩날려 사라졌다.

타닥! 탁!

자항은 미녀의 탄력 가득한 허벅지를 베개 삼아 누운 채로 수하의 보고를 받았다. 한 손은 다른 미녀가 내민 그릇 안에 든 꿀 발린 포도 알갱이를 들고서.

"흑우에게서는 여전히 이렇다 할 연통이 없습니다."

"흑우가 들어간 지 얼마나 되었지?"

"오늘로써 닷새가 되었습니다."

"닷새? 홍홍홍! 벌써 그리되었나요? 하긴 이젠 엉덩이에 종기가 생길 것 같군요. 우리 역적 련주는 뭔 꿍꿍이인 걸까? 혹시 흑우 놈의 목이 잘리기라도 했으려나?"

자항의 시선이 좌측으로 향한다.

금태연이 시비처럼 가만히 시립한 채로 답했다.

"그렇지는 않을 겁니다."

"하면?"

"흑우 어사의 목이 잘렸다면 당연히 효수를 하였겠지요."

자항의 시선이 수하에게로 슬쩍 향한다.

"오늘 자 정찰 보고에는 아무런 변화도 없었습니다."

"그렇다는군. 하면 우리 머리 좋으신 군사 나리께서의 생각은 어떤가요?"

"생각을 정리 중일 겁니다."

"어떻게?"

"반란과 투항. 둘 중에서 고민하고 있겠지요."

"훙훙훙훙! 이러나저러나 모가지가 내걸리는 것은 똑같은데 이리도 답답한 인사 같으니. 남자가 되었다면 당연히 머리부터 박아 봐야 하는 것 아닌가요? 이래서야 새로운 련주라는 작자도 직접 이 두 눈으로 보지 않아도 그릇의 크기를 알수 있겠어요. 이 태감에게는 안 되는 것이에요. 훙훙!"

자항과 금태연 등은 아직 정확하게 확인하지는 않았지만, 대략 무신련의 새로운 주인으로 무성이 되었으리라 확신을 내린 상태였다.

자항의 웃음소리가 커질수록 금태연의 표정은 점차 싸늘하게 식었다.

'녀석을 얕봐서는 안 돼. 언제나 그랬듯이 뒤통수를 칠 놈이니까.'

금태연은 실질적으로 이번 기습 공격을 막아 낸 것도 무성이리라 예감했다. 결국 야별성, 그 자체가 무성의 손에 멸망을 겪은 것이다.

'아니. 아직은 승패가 끝나지 않았어. 성라칠문도 남아있지 않지만 아직 내가 있어. 밀천이 있고. 그리고…… 이것도 있어.'

금태연은 품에 꼭 끌어안은 항아리를 보았다.

뚜껑으로 꼭꼭 밀봉되어 있는 황색 항아리. 겉으로 봤을 때는 그저 된장 따위나 술을 담은 것으로밖엔 보이지 않는다.

하지만 이것이야말로 동창과 함께 금태연이 아직 반격의 기회라 믿어 의심치 않는 도구다.

"아, 그리고 보니 군사."

"예."

금태연은 자신을 부르는 소리에 즉각 고개를 들었다.

"그때 명했던 건 어찌 되었나요?"

"거의 끝나 갑니다. 오늘이나 내일 안팎이면 완성할 수 있을 듯싶어요."

"되도록이면 서둘러 주세요. 사실 단번에 저들을 칠 수 있는데도 불구하고 여기서 닷새나 되는 불필요한 시간을 낭비했던 건 모두 그것 때문이니까요."

자항은 금태연이 안은 항아리를 가리키고 있었다.

"명심하겠습니다."

"그럼 어서 나가 봐요. 주상께서도 그 항아리를 내심 크게 기대하고 계시니까요. 흥흥흥흥!"

금태연은 아랫입술을 깨물었다.

'황제가 아니라, 태감 당신이 쓰려는 것이겠지.'

하지만 내색하지 않고 고개를 숙이며 방을 나섰다.

자항은 턱을 괸 채로 금태연의 뒷모습을 보다가 허공을 응시했다.

"백상(白象)."

"예!"

공간이 열리며 누군가가 부복한다.

설원을 옮겨 담은 것처럼 새하얀 피부. 호리호리한 체구. 푸른 눈. 불그스름한 빛깔이 도는 머리칼. 서북쪽 아라사(俄羅斯: 러시아)에서나 볼법한 홍모귀(紅毛鬼: 백인)였다.

"보아하니 저 계집, 시간을 끌고 있는 것 같아요. 때가 된다면…… 굳이 말로 하지 않아도 알겠지요?"

"존명."

스륵!

백상은 나타났던 곳으로 다시 사라졌다.

자항은 게슴츠레하게 눈을 뜨며 포도 한 송이를 입 안으로 밀어 넣었다.

"이 포도, 아주 맛이 좋군요."

금태연은 밖으로 나섰다.

문가에는 벽력보의 부보주, 서수창(徐首創)이 고개를 조아렸다.

"준비는 끝났나요?"

"예. 모두 마쳤습니다."

"하나라도 틀린 곳이 있으면 안 될 거예요. 이건 야별성, 아니, 밀천의 마지막 남은 보루니까요."

"예. 이리로."

금태연은 서수창을 따라 뒤편에 마련된 공터로 이동했다.

공터 바닥엔 역오망성이 크게 그려져 있었다. 역오망성의 각 꼭짓점에는 주술사들이 가부좌를 틀고 앉아 가만히 무언가를 중얼대고 있었다.

금태연은 서수창을 시켜 항아리를 역오망성의 가장 중심에다 옮기도록 지시했다.

서수창은 항아리를 반듯하게 세우고 뚜껑을 활짝 열고는 부리나케 역오망성에서 탈출했다.

그 순간, 주술사들의 합창이 시작되었다.

마치 고승들이 불경을 외는 듯한 나지막한 암송. 하지만 기저에 깔린 묵직하고 불길한 느낌은 절대 지워지지 않았다.

항아리 속은 마치 무저갱을 담은 것처럼 온통 새카매 안쪽의 깊이를 알 수가 없었다. 거기서 칠흑빛의 마기가 조금씩 올라왔다.

금태연은 하늘 위로 고개를 들었다.

먹구름이 잔뜩 낀 하늘이 보인다.

천마혼이 부서진 이래 지난 닷새 동안 하늘은 단 한 번도

해가 쨍쨍하게 비친 적이 없었다. 먹구름이 둥둥 떠다니는 하늘은 너무 어두우면서도 비나 눈이 내릴 기미도 보이지 않았다.

사람들은 하늘을 보면서 이제 다시는 해를 볼 수 없는 게 아닐까 하는 걱정까지 할 정도였다.

그런데 그 먹구름이 움직이기 시작했다.

스스슥!

먹구름은 마치 땅 위를 헤엄치는 교룡처럼 이리저리 몸을 비틀다가 커다란 곡선을 그리며 역오망성이 그려진 공터 쪽으로 떨어졌다.

역천마래진(逆天魔來陣)!

하늘을 뒤집어 마귀가 오게 한다!

이들 주술사들은 행여 천마혼의 강림이 실패했을 경우를 대비해 야별성이 마련해 둔 재원이었다.

가아아아아!

츠츠츠츠!

먹구름이 가까워질수록 주문을 외던 주술사들의 몸이 바들바들 떨리기 시작했다. 안색은 파랗게 질리며 입가엔 침이 질질 흘러내렸다.

진법과 주술을 유지하는 데 생기가 몽땅 빨려 들어가는 것이다.

어린 시절부터 천마혼의 재물로서 살아온 그들은 끝까지 정신을 붙잡았다.

법기(法器)이자 과거 대라종이 자랑하던 성물(聖物), 마주호(魔柱瓠) 안쪽으로 먹구름이 쏠리고 압축된다.

그러다 주술사 몇몇이 홱 하고 고개를 뒤로 꺾었다. 마치 보이지 않는 힘이 강제로 몸을 짜부라뜨리는 것처럼 손발이 서로 다른 방향으로 뒤틀렸다.

"으아아아아아악!"

가아아아아!

주술사의 비명 소리에 맞춰서 점차 가까워진 먹구름에서도 이상한 소리가 났다.

말벌 수백만 마리가 몰려오는 듯한 소리. 철사로 유리창을 긁는 듯한 소리. 지옥의 망령들이 울부짖는 듯한 소리.

정체를 알 수 없지만 끔찍한 소리와 함께 주술사들의 목이 일제히 다 돌아갔다.

그 순간에 맞춰서 먹구름도 차곡차곡 항아리에 쌓여 기체에서 액체, 검은 물로 변했다.

서수창은 재빨리 뚜껑을 가져와 항아리를 덮었다.

마치 안쪽에서 무언가가 난리를 치는 듯 달그락달그락 요동을 치다가 겨우 잠잠해졌다.

털썩!

금태연은 그 앞에 다가가 무릎을 꿇고 쓰러졌다. 고개를 숙인 그녀의 눈가엔 눈물이 잔뜩 맺혀 있었다.

"흑흑…… 창마님……! 사부님……!"

그 항아리 단지 안에는 천마혼에 묶여 있다가 탈출했던 망령들이 담겨 있었다. 천 년간 대라종의 모든 염원과 숙원이 깃든 물건인 것이다.

"이것만 있다면……!"

항아리를 훑는 금태연의 눈가가 광기로 물들었다.

그녀는 아직 천마의 재림을 믿어 의심치 않았다.

이 망령들을 다시 조립할 수 있다면. 천마혼을 다시 만들 수 있다면 야별성을 다시 세우는 것은 무리는 아니리라.

스륵!

그런 그녀의 등 뒤로 백상이 조용히 나타났다.

"문곡!"

서수창이 백상을 발견하고 비명을 지른다. 그를 비롯해 공터에 있던 벽력보의 무사들이 일제히 그에게로 달려들었다.

금태연이 화들짝 놀라 고개를 돌리려는 순간,

스걱!

백상이 손날을 바짝 세워 몸을 뒤틀었다.

공간이 일그러진다 싶더니 십여 명의 무사들이 달려오다 말고 정지했다. 목이 분리되면서 위로 튀어 올랐다.

"아아!"

금태연은 손으로 입을 막았다. 눈빛이 떨린다.

벽력보의, 아니, 야별성의 마지막 남은 보루들이었다.

그들이 이렇게 허망하게 죽을 줄이야······.

여태 금태연이 이성을 유지할 수 있었던 것은 천마혼을 재생시킬 수 있다는 자신감과 벽력보라는 존재 때문이었다.

하지만 그 모든 것이 틀어지고 말았으니.

"이런. 시끄러워지고 말았군요."

백상은 손날에 묻은 핏물을 털어내면서 차갑게 웃었다.

금태연은 손을 내리며 이를 악물었다.

"이러고도 너희들이 무사할 수 있을 것 같으냐?"

"어차피 다 끝나지 않았습니까? 사냥개는 전부 다 쓰고 나면 치워야 하는 법. 아, 완성된 영생주(永生珠)는 이쪽에서 잘 받아가겠습니다. 주상 폐하와 태감 마마께서 아주 흡족해하실 것 같군요."

금태연의 주먹이 부르르 떨린다.

영생주.

저들은 천마혼을 그렇게 부른다.

윤환 전생을 거스르고도 천 년을 넘게 살아가는 천마. 그 존재는 당연히 황제의 구미를 당기게 할 수밖에 없다. 과거 진시황도 불로불사를 꿈꿨을 정도이니.

황실이 야별성과 손을 잡은 것도 모두 이러한 이유 때문이었다. 영생주를 손에 넣기 위해서. 아니, 정확하게는 영생주의 비밀을 알기 위해서.

금태연은 슬쩍 마주호를 훔쳐보다가 지체하지 않고 몸을 날렸다.

"어딜 가시려 하십니까!"

퍽!

금태연이 온몸을 던져 단지를 막는 것과 백상의 손날이 등판을 뚫고 앞으로 튀어나오는 것은 동시였다.

울컥!

금태연의 입가로 피 화살이 쏟아졌다.

"이, 이런!"

백상의 얼굴에 낭패감이 어렸다.

금태연의 등과 가슴팍을 뚫는 데는 성공했는데, 하필이면 손끝이 마주호에 박히고 말았다.

아직 천마혼의 완성은 이루지 못했다.

마주호 안에서 몇 년을 숙성시켜야 겨우 되는 것인데.

이 사실을 자항이 알게 된다면 날벼락이 떨어지리라.

백상은 어떻게든 상황을 수습하고자 재빨리 손을 뽑았다. 핏물과 뼛조각이 같이 딸려와 튀었다.

금태연이 힘을 잃고 단지 위로 쓰러진다. 와장창창, 마주호가 그대로 바닥을 구르면서 완전히 깨져 버리고 말았다.

역오망성이 그려진 바닥으로 새카만 먹물 같은 것이 퍼져 나와 금태연의 피 웅덩이와 뒤섞였다.

"젠장!"

백상으로서는 돌이킬 수 없는 강을 건넌 셈이다.

이 일을 어찌해야 하나 안절부절못했다.

그러다 이내 차갑게 눈을 희번덕였다.

'잠깐. 수습하지 못한다면 내가 먹어 버리면 되지 않은가?'

듣자 하니 영생의 비밀은 고대 아주 유명했던 마인의 정수를 담아 놓은 것이라 들었다. 이미 그의 눈으로도 천마혼의 저력을 보지 않았던가.

그 마기 덩어리를 삼킬 수 있다면?

꿀꺽!

백상은 침을 삼켰다.

아라사에서 노예로 팔려 와 황궁의 비밀 지하 감옥에서 평생을 살아야 했던 그로서는 어쩌면 신분을 바꿀 수 있을지도 모르는 이 절호의 기회를 놓칠 수가 없었다.

그는 천천히 피 웅덩이와 뒤섞여 가는 마기 쪽으로 손을 뻗었다.

화악!

그 순간, 백상은 자신을 집어삼키려 아가리를 젖히는 악마의 환영을 보았다.

'이걸로 끝인 걸까?'

부서진 단지를 보는 내내 금태연의 눈가엔 습막이 차올랐다.

이젠 모든 것이 부질없어진 상황.

아무것도 돌이킬 수 없게 되어 버린 현실이 한탄스러울 따름이었다.

다행히 심장은 비켜갈 수 있었지만 가슴에 커다란 구멍이 뚫렸으니 살아남을 수 있을 리 만무하다.

'미안해요, 상공.'

금태연이 가만히 눈을 감으며 죽은 유상을 그리고 있을 무렵이었다.

"크아아아아아악!"

별안간 백상이 고통에 찬 비명을 질렀다.

금태연이 살짝 눈을 떴다.

그곳에는 마기에 점점 감염되는 백상이 있었다. 마기를 흡수할 생각이었던지 피 웅덩이에 다 손을 댄 자세 그대로 간질 환자처럼 부들부들 몸을 떤다.

마기는 마치 거머리처럼 백상의 살갗에 찰싹 달라붙어 피를 잔뜩 빨아먹었다.

살갗을 뚫고, 혈관 속으로 파고든다.

핏줄이 튀어나오는 것이 아닐 정도로 혈관이 팽팽해진다. 푸른 핏줄이 까맣게 물드는 것이 보일 정도였다. 바들바들 떨던 백상은 어느 순간부터 몸이 돌처럼 굳었다.

그러더니 고개를 축 떨어뜨렸다.

그러길 잠시.

백상은 다시 고개를 들었다.

그런데 눈빛이 다르다.

백상은 아라사 출신답게 푸른 눈을 자랑한다. 하지만 지금 눈은 붉다. 마치 피처럼 새빨갛다.

녀석은 금태연을 보더니 입술 끝을 비틀었다.

"너냐? 나를 깨운 것이?"

마치 짐승처럼 그르렁거린다.

금태연은 죽어 가는 와중에도 소름이 돋는 듯했다.

심장이 벌컥벌컥 뛴다. 얼마 있지 않은 마기가 들끓을 것처럼 요동친다.

'서, 설마?'

절대 있을 수 없는 일을 목격한 금태연은 떨리는 목소리로 물었다.

"처, 천마 대종사이십니까?"

"나를 안다는 것은 내 종이란 뜻이군. 한데, 왜 이런 꼴인 것이냐? 내가 잠들어 있던 동안 대체 무슨 일이 벌어진 거지?"

백상, 아니, 천마는 지난 일 따위는 전혀 기억이 나지 않는 듯했다.

금태연의 눈이 커졌다.

'소신안이다! 천마의 주인격이 깨어난 거야!'

그토록 모진 고생을 하면서 깨우려 노력해도 깨어나지 않아 이유명에게 잡아먹히도록 유도했던 천마의 주인격이 도리어 그릇인 천마혼이 깨진 후에나 일어날 줄이야.

금태연이 어떻게든 대답을 하려는 찰나, 천마가 손을 뻗었다.

"아니. 되었다. 나는 몸이 편치 않은 종을 닦달할 만큼 모진 자가 아니니라. 우선은 그 몸부터 낫고 이야기를 하자꾸나."

천마는 금태연의 상처에다 손을 갖다 댔다.

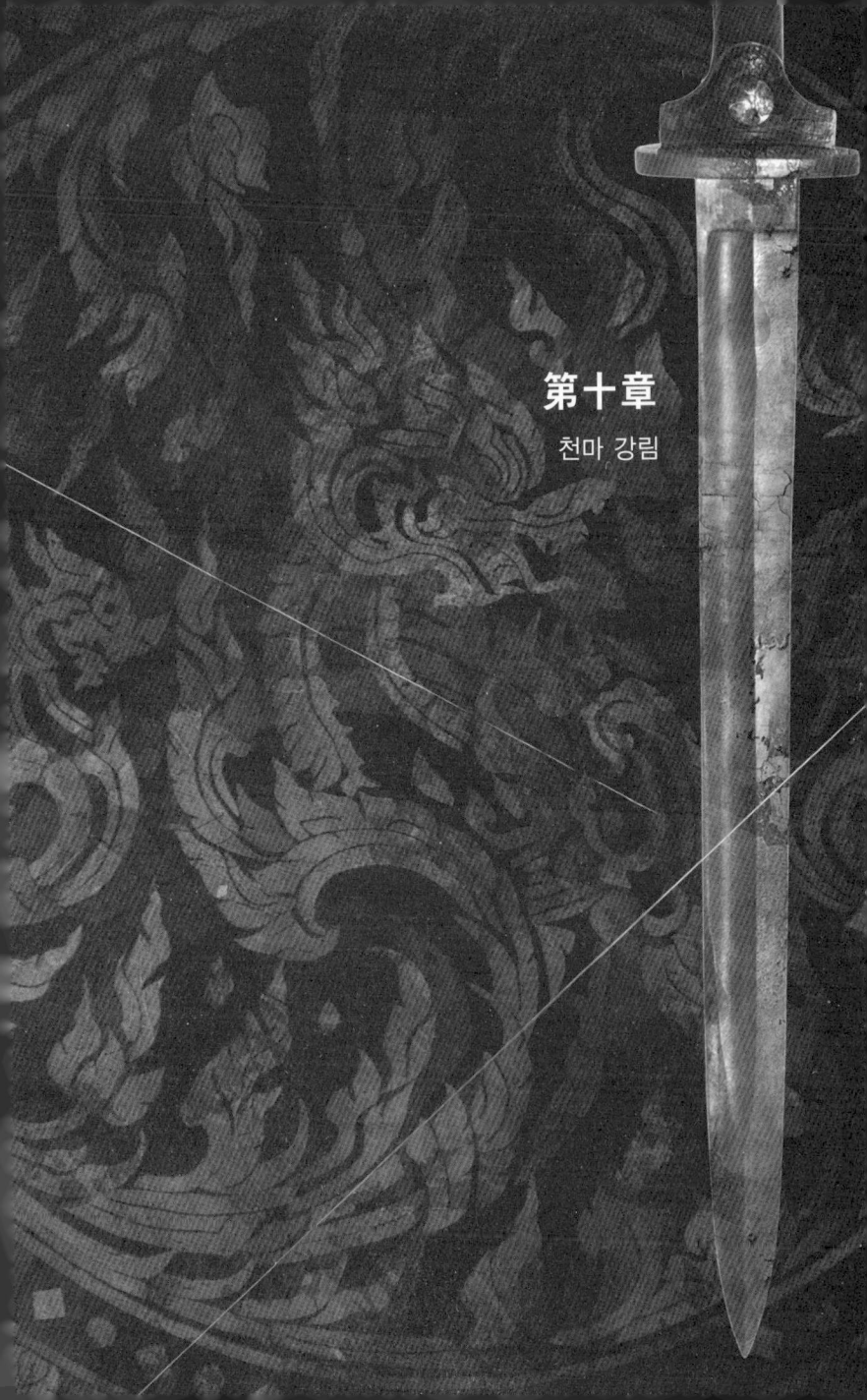

第十章

천마 강림

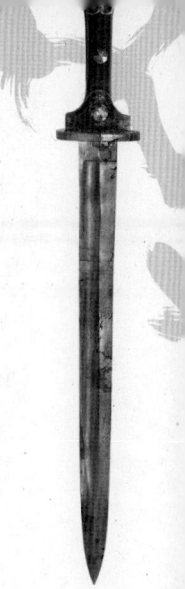

"무신련으로부터 서찰을 갖고 왔소."

흑우, 아니, 흑우로 변장한 무성이 선다.

병사들은 무성이 갖고 온 두루마리 서찰을 보고는 고개를 조아리더니 길을 열었다. 금의위로 보이는 자들은 몸이 다부져 기강이 확실했다.

'쉽지는 않겠어.'

간단하게나마 무공을 익힌 정예병들이 확실하다. 더군다나 무기의 상태나 간간이 보이는 몸동작으로 봐서는 실전에도 상당히 능한 듯했다. 무신련과 부딪치면 피해가 클 것 같았다.

제법 지휘가 높아 보이는 군관 몇몇이 붙었다. 닷새 만에 돌아왔으니 궁금증이 많은 모양이었다.

"역적 놈들은 뭐라고 하던가?"

"자세한 건 태감께 말씀드리겠소."

"아, 왜 그러나? 조금이라도 언질이라도 주게."

무성은 그들의 말을 적당히 대꾸하면서 백안을 활짝 열어 주변을 샅샅이 살폈다.

그가 찾는 사람은 동창의 수장, 사례감태감이다.

녀석이 어떤 모습을 하고 있는지는 모른다.

하지만 흔히 환관이라면 신변의 안전에 대해 관심이 많을 것이라 생각, 고수들이 많은 장소를 찾았다. 특히 무성과 마찬가지로 혼명을 익힌 이들이 모인 장소를.

'찾았다. 북서쪽. 삼백 보.'

생각보다 가까이에 있었다. 기습에 대비해 따로 장소를 마련해 둔 모양이었다.

'그렇다면 지체할 필요 없겠지.'

판단이 서자마자, 무성은 손에 든 서찰을 바닥에다 내버렸다.

"자네, 이게 무슨……!"

놈들이 무슨 말을 꺼내기도 전에 진각을 세게 밟는다.

쾅!

마치 화포라도 터뜨린 것처럼 엄청난 굉음이 울렸다. 땅이 움푹 파이면서 모래가 크게 일어난다. 주변에 있던 놈들이 모조리 휩쓸렸다.

쐐애애애애―액!

무성은 궁신탄영의 수법과 함께 목표를 향해 일직선으로 치달았다.

"곤륜노가 미쳤다!"

"마, 막아라!"

근처를 지나가거나 경계를 서고 있던 병사들이 기겁을 하면서 일제히 무성에게로 달려들었다.

하지만 그들 중 대부분은 무성을 따라잡지도 못하고 뒤로 낙오되거나 허상을 때렸다. 겨우겨우 맞부딪친 자들도 남다르진 않았다.

무성이 검결지를 쥔다. 가루라염이 손끝에 맺히더니 기다란 사선을 그었다.

파파파파!

땅거죽이 뒤집어지면서 엄청난 양의 화염이 마치 용암처럼 치솟았다.

병사들은 무성에게 접근을 하기도 전에 추풍낙엽처럼 튕겨 났다. 백염이 내뿜는 열폭풍만 하더라도 그들이 접근할 수 없는 엄청난 강풍이었다.

무성이 지난 자리로 깊은 고랑이 파이고 그 위로 불길이 꼬리처럼 남는다.

뒤늦게 실력 좋은 동창과 금의위의 고수들도 합공을 취하려 했지만, 왼손을 앞으로 내밀면서 전개된 격공장에 피를 울컥 토하면서 쓰러졌다.

퍼퍼퍼펑!

가루라염이 마구 날아다닌다. 백염이 솟아오르기를 반복하면서 무사들의 접근 따윈 허락하질 않는다.

눈앞을 가로막는 것은 그 어떤 것도 용납지 않았다.

무사라면 베고, 병사라면 날린다. 막사가 가로막으면 태워버리길 여러 차례.

결국 무성은 단숨에 목표까지 주파하는 데 성공했다.

으리으리한 크기를 자랑하는 대막사였다.

막사 문을 열고 안으로 들어가자 푹신한 침상에 반쯤 걸치고 누워 포도를 삼키고 있는 중년인이 있었다.

방효거사보다도 더 한 뚱뚱한 체구를 자랑하는 그는 살짝 놀랐는지 눈을 휘둥그렇게 떴다.

"홍홍홍! 이런이런. 무슨 소란인가 싶었더니 침입자였나요?"

환관, 자항은 별반 놀란 눈치도 아니었다. 놀란 것도 잠시일 뿐 곧 무덤덤하게, 그리고 의기양양하게 웃기까지 했다.

백안으로 아무리 훑어보아도 무공을 익힌 흔적 따윈 전혀 찾아볼 수도 없는 자다.

그런데도 저만한 배포를 지닌 이유는 간단하다.

그릇이 크거나, 아니면,

'이들을 믿거나.'

무성은 이곳으로 모여드는 그림자의 기척들을 읽었다.

모두 하나 같이 흑우처럼 혼명을 익힌 자들이다. 각자가 가진 여러 특색답게 품고 있는 기질도 달랐다.

"당신이 무신련주일 테지요? 제법 솜씨가 좋다고 들었어요. 부디 이 늙은이의 여흥을 즐길 수 있을 만한 능력이 되기를 바라겠어요."

그 말과 함께 싸움이 시작되었다.

파바박!

이들이 일제히 몸을 날리기 시작한다.

공간을 열고 나타난 자는 모두 열 명.

뒤에서 넷, 양 측면에서 셋, 정면에서 셋.

관부에서 양성한 자들답게 다루는 무기는 모두 검이다. 모양도 크기도 재질도 똑같은 검. 하지만 단순한 양산품은 아니다. 신병이라 불러도 부족하지 않을 정도로 아주 날카롭다. 주인들의 기세만큼이나.

그런데 생김새는 또 제각각이다.

흑우보다 살갗이 조금 연한 곤륜노, 구라파에서 온 것 같은 홍모귀, 저 먼 서역의 회교도(回敎徒), 서장의 사람, 바다 건너 온 키 작은 왜인(倭人)까지.

전부 중원인들이 아닌 타국 외지의 사람들이다.

아마도 비밀 유지를 위해 중원인이 아닌 노예들로만 엄선해 만든 정예이리라.

'혼명은 본래 황실의 것이라더니.'

정확한 내용은 모른다.

어떻게 황실 무공이었던 혼명이 무신련으로까지 흘러 들어간 것인지.

하지만 이것 하나만큼은 확실하다.

수많은 시행착오를 거듭한 끝에 혼명을 새로이 정립해야 했던 무성과 다르게 이들은 제대로 된 혼명을 익히고 있다는 것!

'하지만 지지 않아.'

무성은 주먹을 세게 움켜쥐었다.

'저들과 나는 출발점부터가 다르니까.'

무성의 눈에 차가운 광망이 어렸다.

그 순간, 무성을 감싸고 돌던 가루라염이 크게 폭사되었다.

파파파파!

주먹을 내뻗자 사방으로 흩어진 불꽃이 수십 개의 궤적을 그리며 쏟아진다.

하나하나가 사람 하나 정도는 우습게 태울 정도의 엄청난 열기를 내포하고 있고, 절대 부서지지 않는 강기로 이뤄져 있으며, 이기어검의 묘리가 담겨 심령으로 연결되어 있다.

녀석들의 반응은 다양했다.

팽이처럼 몸을 뱅그르르 돌리는 자, 하늘에서부터 검을 아래로 내려치는 자, 땅거죽을 일으켜 불꽃을 막아 보려는 자 등.

하지만 불꽃은 너무나 간단하게 녀석들의 미간에다 착실하게 구멍을 냈다.

몸을 돌려 검에다 회전력을 실으려던 자는 도리어 검이 부러져 불꽃에 당하고 말았고, 허공에서 무성을 요격하려던 자는 그대로 불꽃에 집어삼켜졌으며, 땅을 일으키던 자는 그 자세 그대로 화염 해일에 휩쓸렸다.

단 일수(一手).

열 명의 절정고수들이 단번에 나가떨어지는 데 필요한 동작이었다.

믿었던 호위무사들이 쓰러진 뒤에야 자항은 사태의 심각성을 깨달은 듯했다.

턱살이 부르르 떨리도록 노호를 터뜨린다.

"가, 감히 천것이 화, 황상의 명을 받고 온 사, 사자를 해하려는 것이냐!"

"......."

하지만 무성은 대답 없이 묵묵히 앞으로 다가갔다.

＊　　　＊　　　＊

"태, 태감!"

대막사의 문이 열린다.

금의위의 부영반, 고겸추(高兼秋)는 일백 명의 수하들을 대동한 채로 안으로 들어섰다.

그는 제발 자항이 무사하기를 바랐다.

중신들을 유린하고 조정을 파탄 직전까지 몰아넣는 희대의 간신인 환관 따위를 진심으로 걱정하는 것은 아니다. 그는 스스로가 황실과 조정에 충성을 바치는 충신이라 자부하고 있을 정도였으니.

하지만 간신이라 하여도 상대는 황제의 명을 받고 역적 도당들을 토벌하기 위해 직접 움직인 총사령관이다. 그런 수뇌가 죽어서야 경비를 총책임지고 있던 자신에게 차후 어떤 문책이 떨어질지 몰랐다.

그런데,

"경망스럽게들 이게 무슨 요란법석인가요?"

자항이 예의 포동포동한 살집에 파묻힌 채 짜증 가득한 얼굴로 있는 것이 아닌가. 다친 곳도 없어 보였다.

소란이 있었던 것은 확실한 듯 화려한 장신구로 가득했던 대막사는 뜨거운 열기로 대부분 녹아버렸고, 땅바닥에는 타버린 시체들이 대부분이었다.

고겸추는 자신의 눈을 믿을 수가 없었다.

"다, 다친 곳은 없으십니까?"

자항은 짜증이 가득 섞인 목소리로 버럭 성을 냈다.

"설마하니 부영반께서는 이 태감이 어디 팔 한 짝이라도 날아가길 바랐던 겁니까?"

"그, 그럴 리가 있겠습니까!"

고겸추는 재빨리 고개를 숙였다. 자항이 저렇게 성을 낼 때는 꼭 누군가가 죽어 나간다. 지금은 자세를 낮춰야 했다.

한편으로는 의심이 고개를 들었다.

'어떻게 무사할 수 있었던 거지? 진짜 자항이 맞나?'

경비를 담당했던 수하의 말로는 상대가 사신으로 보냈던 곤륜노의 모습을 하고 있었다고 했다.

무슨 사술을 썼는지는 몰라도 자객에게는 생김새를 속일 수 있는 방법이 있는 듯했다.

그렇다면 자객이 자항으로 변장했다고 해도 절대 이상한

일은 아닐 터.

확인이 필요했다.

"언제까지 계속 허수아비처럼 서 있을 겁니까? 당장 시체들을 치우고 새로운 막사를 준비하도록 하세요! 이 불결한 곳에는 한 시라도 더 있지 못하겠으니."

고겸추는 잠시 침묵을 지키다 입을 열었다.

"태감."

"지금 이 태감의 말이 들리지 않는 건가요? 가뜩이나 당신들이 자객을 미처 막지 못한 것에 대한 화를 꾹 누르고 있던 참인데……!"

격앙됐다. 흥분했다.

'이놈, 가짜다!'

과거 정적으로부터 독이 든 잔을 마셔도 웃음기 하나 잃지 않던 자항이 아닌가.

그런 자가 잔뜩 소리를 질러 댄다.

어딘가 급박하단 표시다.

고겸추는 고개를 들었다.

"태감께서 진짜 태감이 맞으신지를 확인해야겠습니다."

그의 말이 끝나기 무섭게 금의위 무사들이 일제히 앞으로 튀어나왔다.

자항의 턱끝이 부르르 떨린다.

"지금…… 이 태감을 의심하는 건가요?"

"상황이 상황이다 보니 이해해주시길 바라겠습니다. 만약 제가 괜한 의심을 하고 있던 것이라면 추후 태감께서 주시는 벌은 무엇인들 달게 받겠습니다. 자, 시작하여라."

고겸추가 수하들에게 눈짓을 주었다.

위사들이 시체들을 밟으며 앞으로 전진한다. 걸을 때마다 융단이 들썩이면서 까만 재가 위로 올랐다.

"경고합니다. 그 자리에서 멈추세요."

"……"

"감히 황상의 지우(知友)이자 일만 내행창의 수령인 이 태감을 의심하다니! 그 죄, 죽음으로 받겠다!"

자항의 분노가 떨어진 순간,

스걱!

갑자기 공간이 비틀린다 싶더니 앞으로 묵묵히 걷던 위사들의 몸이 우뚝 멈췄다. 그리고 목에 실선이 그어지더니 데구루루 어깨에서부터 분리되었다.

"아악!"

고겸추는 저도 모르게 비명을 질렀다.

일거에 열 명이 넘는 위사들이 죽어 나갔다. 뒤따르던 위사들도 경악하며 일제히 걸음을 멈췄다.

어느새 자항의 태사의 옆에는 무뚝뚝한 인상의 회교도 한

명이 서 있었다. 저들이 '터번'이라 부르는 수건을 머리에 칭칭 감은 모습은 꽤나 이질적이었다.

"소개하죠. 이 태감의 비밀 호신위인 회융(灰狨)이라 해요. 당신들 같은 밥만 축내는 머저리들과는 급이 아예 다른 사람 이랍니다. 흥흥흥흥!"

자항은 다시 기분이 좋아진 모양인지 손을 입가에 가져다 대면서 크게 웃었다.

"이미 자객은 회융이 찢어 죽인 지 오래랍니다. 제아무리 자 객 놈이 날고 긴다고 한들 어찌 나락인수(奈落刃獸)를 당해 낼 수 있을까요? 안 그런가요?"

그러다 인상을 굳힌다.

잠깐 사이에 짜증을 내고, 화를 내고, 웃다가, 다시 진지해 지는 등 변덕스런 모습을 마구 표출한다. 전형적인 환관의 모 습이었다.

더군다나 녀석은 나락인수를 알고 있다.

나락인수, 지옥에 사는 짐승들.

이들은 수십 년 전, 대라종이 창궐하고 무신련이 나타나 이 들을 격파하는 등, 황도가 강호 무뢰배들 따위에게 몇 번씩이 고 위협을 당하자 황실에서 이들을 대비할 목적으로 창설한 비밀 집단이다.

내행창과 금의위의 고위 인사들이 가담하고 몇몇 황족들이 개입했다. 오로지 음지에서만 착실히 양성되고 활약을 했기에 존재를 아는 사람은 거의 전무했다.

고겸추로서도 금의위의 서열 제이 위인 부영반에 오른 후에야 존재의 이름이나 겨우 들었을 뿐, 그들이 몇 명으로 구성되어 있는지 어떤 활약을 하는지는 전혀 아는 바가 없었다.

다시 느낌이 왔다.

녀석은 진짜다.

자항이 맞다.

"그러니 당장 내 눈앞에서 꺼지도록 하세요. 이 죄는 추후 대영반을 직접 찾아가 따질 것이니!"

"……죄송합니다."

고겸추는 모시는 상관에게 치명적인 정치적 약점을 짊어지게 했다는 사실에 고개를 떨어뜨렸다. 그는 수하들에게 시신을 모두 거두도록 지시하고는 짧은 예와 함께 막사를 나섰다.

자항은 금의위가 물러난 곳을 한참이나 노려보다 그대로 시선을 화융에게로 돌렸다.

여전히 분노가 잔뜩 섞인 눈길이다.

"자, 원하던 대로 저들을 물렸어요. 이제 어떡할 참인가요? 이 태감을 죽이고 자리를 대신하기라도 할 텐가요? 그 사이한 방식으로?"

회융, 아니, 무성은 고개를 저었다.

"내가 당신으로 변장한다고 한들 며칠 가지 않아 들키고 말 것이오. 그래서는 더 큰 화만 부르겠지."

사람의 인격을 모방하는 것은 쉬운 일이 아니다.

자항의 입술 끝이 비틀어졌다.

"하면? 이제 어쩔 참이지?"

자항은 침상에 반쯤 걸터 누웠다.

무성이 다른 마음을 품고 손을 뻗기만 하면 이마에 구멍이 뚫릴 수도 있는데도 불구하고 당당하다.

자신의 위치가 절대 꿇리지 않는다는 것을 안 것이다.

하지만,

뿌드득!

무성은 자항의 어깨에다 손을 얹어 그대로 비틀었다. 근골이 뒤틀린다. 혈관과 기맥이 찢긴다. 공력이 안으로 스며들면서 힘줄을 가닥가닥 끊는다.

분근착골이다.

"으으으으으의! 아아아아아악!"

자항은 이를 악물다가 이내 비명을 질렀다.

무성은 소리가 새어 나갈까 주변에다 기막을 둘러치는 한편, 자칫 녀석이 혀를 깨물지 않도록 아혈까지 단단히 봉했다.

결국 자항은 소리 없는 아우성을 계속 질러야 했다. 영혼이 땅바닥 위를 구르는 엄청난 고통을 맛보며.

무성이 손을 뗀 것은 일각 후였다.

아혈도 풀어주었다.

"이제 어쩌시겠소? 따르겠소?"

무덤덤한 목소리에 자항은 고개를 번쩍 들었다. 옷은 식은 땀으로 푹 젖었다. 치가 떨리는 고통에 허덕였어도 눈빛은 여전히 꺾이지 않았다.

"악마 같은 놈……!"

"내 사람들을 구하기 위해서는 몇 번이고 악마가 될 것이오. 그러니 잊지 마시오. 악마는 그대에게 언제든지 마수를 뻗칠 수 있단 것을."

"너도…… 잊지 마라! 네놈이 건들고 있는 사람이 바로 이 자항이란 것을! 네놈은 지금 황상을 거역하고 있는 것과 똑같은 것이야!"

"알고 있소. 너무 잘 알고 있어서 탈이지."

무성이 차갑게 말했다.

"그러니 어서 수하들에게 명하시오. 군사들을 이곳에서 물리라고."

*　　　*　　　*

군영 전체에 명령이 내려졌다.

"우리는 이대로 병력을 추스르고 후퇴를 한다."

갑작스레 내려진 퇴각 명령에 지휘관들과 병사들은 하나같이 놀란 얼굴이 되었다. 어떻게 된 건지 도저히 이해가 되질 않는 것이다.

이대로 돌격만 명령한다면 끝날 일이었다.

얼마 전에 보충한 화약은 넘칠 만큼 많아 이 자리에서 다 소진할 만큼 쏘아 대기만 해도 무신련의 성벽쯤은 흔적도 남기지 않고 무너뜨릴 수 있었다.

혹시 총사령관이 마음을 바꾼 건 오전에 있었던 자객 건 때문인 걸까? 거기서 겁을 먹기라도 했나?

당연히 많은 군장들이 의문을 갖고 대막사를 찾았다.

하지만 돌아오는 것은 당연히 면박이었다.

"이런 어리석은 사람들 같으니라고! 명색이 무관이라는 사람들이 어찌 이런 간단한 걸 몰라요? 병법에 무지하면 당연히 공부를 해야지! 이 태감은 쥐새끼처럼 성문을 굳게 걸어잠근 채 나올 생각을 하지 않는 저들을 밖으로 끌어내기 위해 기만책을 부리려는 것이에요. 어찌 그걸 모르나요?"

제아무리 화포를 퍼붓는다고 한들 무신련주를 비롯한 소수 정예를 결성해 유격전을 벌인다면 이쪽도 큰 피해를 면치 못한다는 것이 자항의 설명이었다.

일리도 있었다.

지난날, 철혈의 권력을 지닌 황제들도 섣불리 강호 무림만큼은 건드리지 않았던 것도 그들의 숫자가 아닌, 관군을 인형따위로 무시할 만큼 강한 고수들 때문이었다.

이미 한 차례 자객이 벌인 소란으로 백여 명의 병사들이 죽거나 다치지 않았던가.

이런 일이 자주 벌어진다면 당연히 출혈이 클 터였다.

하지만 군장들은 주먹으로 가슴을 치며 통탄했다.

"한낱 환관 따위가 병법을 알 리가 있겠는가! 제 목숨이 아까워 전부 그럴듯한 계책과 명분을 내세워 도망치려는 것인데! 지금이 아니면 언제 또 무신련을 잡을 적기를 가질 수 있단 말인가?"

그러나 오늘날 자항에 대한 황제의 신임은 아주 커서 금의위는 동창의 산하 기관으로 치부될 정도였다. 당연히 반발은 금지되었다.

결국 군영은 철수 준비를 서두르기 시작했다.

＊   ＊   ＊

"그렇군. 그러니까 나를 환대했어야 할 종들은 대부분 마신의 품으로 귀의를 해 버렸고, 그대만이 겨우 남아 어쩔 수 없이 황실과 손을 잡았다, 이 말인가?"

핵심을 찌르는 천마의 말에 금태연은 면목이 없다는 듯이 고개를 숙였다.

"죄송합니다."

유사 이래로 대라종은 시대에 따라 얼굴을 달리하거나 여러 종파들의 이념을 수용하면서 수많은 이름으로 불려 왔다.

그중 하나가 바로 마니교(摩尼敎)다.

파사(波斯, 페르시아)에서 유래된 이 종파는 불교와 밀교, 저 멀리 서방의 경교 따위와 뒤섞이면서 세기말에 악을 병탄하고 세상을 구원할 이가 도래한다는 미륵 사상을 앞세운다.

이 구원자는 달리 명존(明尊)이나 명왕(明王)이라 불린다. 당연히 대라종을 가리키는 이름만큼이나 수많은 이름을 지닌 천마를 뜻하는 단어였다.

재림하신 명왕(천마) 아래 모든 이들은 평등하다.

이러한 급진적인 사상으로 인해 마니교는 민중으로는 널리 퍼졌으나, 반대로 기득권층으로부터는 수없이 많은 탄압을 받아 왔다.

그런 마니교를 계승한 야별성으로서는 황실과 결탁한 것만으로도 커다란 중죄였다.

금태연은 천마의 그런 판결을 기다렸다.

수많은 세월을 건너뛰어 드디어 오롯한 모습으로 이 땅에 재림하신 신인(神人)이시다.

자신은 응당 그의 고결한 판단을 기쁜 마음으로 받을 생각이었다.

또한, 이제는 조금 지치기도 했다.

하지만,

"고개를 들라. 예쁜 얼굴이 다 망가지지 않느냐?"

천마는 손을 뻗어 금태연의 턱을 쓰다듬었다.

고개를 들자, 자상한 미소를 짓고 있는 그의 모습이 보였다.

"웃어라. 나는 울상을 짓는 종보다 환하게 웃는 종을 더 사랑하느니라."

"처, 천마시여. 하지만⋯⋯!"

"안다. 그대의 마음이 어떠한지. 내 가르침을 저버리고 저들 위선자 무리와 손을 잡으려 했으니 말이다."

"하온데, 어째서?"

"그대의 갸륵한 정성이 더 중요하기 때문이다."

"⋯⋯!"

천마는 환하게 웃었다.

"보아라. 이유가 어찌 되었을지언정 나는 이렇게 다시 이 땅에 눈을 뜨지 않았느냐? 간악한 무신에게 당한 이후로 기나긴 잠에 들었어야 했던 나다. 한낱 꼭두각시 인형에 지나지 않는 인격 하나를 내세워 놓고서 여태 무슨 일이 벌어지고 있었는지도 몰랐지. 그로 인해 나를 따르던 종들은 이 땅에서 핍박만 받고 말았으니…… 만약 눈을 뜨지 않았다면 여태 모르고 있었으리라."

천마는 금태연의 머리를 쓰다듬었다.

"하지만 그대가 있어 나는 다시 돌아왔노라. 구슬프게 눈을 감아야 했던 종들의 염원을 이룰 수 있게 되었다는 뜻이다."

"천마시여!"

"그러니 가슴을 활짝 펴라. 그대는 나의 것이다. 나는 절대 나의 것이 우는 것을 보지 못하니라."

천마는 손을 뻗었다.

"자, 선택하여라. 나를 따를 것이냐? 말 것이냐?"

"따르겠나이다."

"웃을 것이냐? 울 것이냐?"

"웃겠습니다. 돌아가신 이들의 염원만큼."

"좋다. 이제부터 그대에게 성녀(聖女)의 직함을 내려 주마."

천마가 허공에다 손을 가볍게 뿌린다.

파아아!

그러자 폭죽이 터지듯이 빛무리가 살짝 일더니 눈송이처럼 금태연의 머리 위로 떨어졌다.

금태연은 단전 속의 공력이 차오르고, 피폐했던 몸에 활력이 잔뜩 돌며, 정신이 맑아지는 기적의 순간을 만끽했다.

죽을지도 모르는 상처를 가볍게 어루만져 치유하는 걸로도 모자라 이런 축복까지 내리다니!

이 순간 금태연은 절실히 느꼈다.

이 분이야말로 이 땅에 강림하신 신이라고.

"하면 같이 가보겠느냐?"

"어디로…… 가시렵니까?"

천마의 입꼬리가 비틀린다. 시선이 어느 한쪽으로 향했다.

"아주 운이 좋게도 이 안에 무신이 남긴 잔재가 있는 듯하구나."

*　　　*　　　*

철수 준비는 빠르게 이뤄졌다.

그사이에도 용감한 군장 몇몇이 자항을 찾아와 퇴각은 불가하다는 의견을 내기도 했다. 하지만 자항은 이에 크게 분노, 이들을 끌어내 참수를 시키면서 마지막 남은 분란까지 아예 싹을 밟아 버렸다.

결국 동창과 금의위, 두 세력 간의 갈등만 심화된 채 군은 말머리를 돌렸다.

군이 절도 있게 움직인다.

그 중앙에는 수백 명의 호위를 받는 으리으리한 크기의 가마가 있었다. 건장한 노예 칠십 명이 함께 들어올려야 겨우 이동이 가능한 가마는 보는 것만으로도 학을 뗄 정도였다.

자항은 가마 안에서는 언제나 미녀의 탐스러운 둔부나 가슴을 희롱하는 것을 좋아한다. 하지만 지금은 다른 사람들을 모두 물렸다.

짜증 가득한 시선은 맞은편에 앉은 무성에게 쏠렸다.

"자, 그대가 원하는 대로 철수는 했어요. 이제 어떡할 참인가요? 이대로 군사를 역으로 돌려 황도로 진격하라, 뭐 그런 되도 않는 말은 하지 않을 테고?"

"그런다면?"

"홍홍홍. 해 볼 테면 해 보세요. 이 태감은 따르지 않을 생각이니."

"분근착골을 더 느끼고 싶은 거요?"

"홍홍홍홍! 순진한 건가, 아니면 순진한 척하는 건가? 아니, 척이겠지. 과격해 보여도 이렇게 확실히 용의주도하게 이태감을 움직이고 있으니. 분명 이 태감이 육체적인 고통에 약한 나머지 역당인 그대의 말을 따르고 있어요. 하지만 이를 어쩌나? 이것으로 한계가 있을 터인데."

"......?"

"확실히 그 분근착골인지 뭔지를 사용한다면 이 태감은 그대의 말을 따르겠지요. 황도로 진격할 테고. 하지만 그 순간이 태감의 목이 날아간답니다. 켁! 하고."

"누가 있는 것이로군. 정적(政敵)이오?"

"흥흥흥흥! 그깟 무공에만 미쳐 앞뒤 꽉 막힌 벽창호를어찌 이 태감에 견줄 수 있을까요? 하지만 한 가지만은 확실하지요. 이 몸을 바퀴벌레보다도 못한 놈으로 취급하는그놈이라면, 약간 틈이라도 보이는 순간 주저치 않고 손을쓸 거예요."

"그자는 내가 막아드리겠소. 원한다면 제거까지도."

무성이 말을 잇는다.

"내가 원하는 것은 단 두 개. 기왕의 생환과 무신련의 안전. 이것만 지킬 수 있다면 그대가 뭘 하든지 옆에서 도와드리리다."

"이런 아쉽군요. 천하의 무신련주를 옆에 대동한다면 무서울 것이 없겠지만……. 그건 그자를 몰라서 하는 소리일 뿐이에요."

자항이 비릿하게 웃으며 말을 잇는다.

"석년의 백율이 광오하게도 무신이란 단어를 쓸 수 있었던것은 모두 그자가 시끄럽고 요란한 것을 싫어하며 강호를 경멸해 조정에 임관해서일 뿐, 만약 그가 강호에 있었다면 오늘날의 무신련은 그의 것이 되었을 테니."

"……!"

무성은 눈을 크게 떴다.

그토록 강한 자가 여태 알려지지 않았다고?

단순히 자항이 겁박을 하기 위해 없는 말을 지어내었다고 생각지는 않았다.

'그자'를 언급할 때 자항의 눈가에는 아주 잠깐이나마 두려워하는 기색이 스쳐 지나갔으니.

과장되었다고도 여기지 않았다.

자항이 동창을 움직이며 정적을 제거해 보려 노력하지 않았을까. 하지만 번번이 실패했으리라. 그리고 그의 무위를 객관적으로 추론해 봤을 것이다.

제거할 수 있는지, 없는지. 없다면 그 정도가 어디에 속하는지까지.

당연히 그 기준은 황실의 영원한 눈엣가시, 무신일 터.

"그자는……."

무성이 그에 대해 자세히 묻고자 하려는 찰나였다.

"태감! 위험합니다!"

밖에서 동창 무사들의 새된 비명 소리가 터졌다.

무성 역시 활짝 열어 둔 백안을 찌르는 맹렬한 기세의 등장에 고개를 번쩍 들었다.

그 순간,

콰아아아—앙!

엄청난 거력과 함께 타고 있던 가마가 송두리째 날아갔다.

겨우 들고 있던 칠십 명의 노예들은 피떡이 되어 바닥을 뒹굴고, 무성과 자항은 부서진 잔해들과 함께 허공을 유영했다.

무성은 당분간 자항과 함께해야 하기 때문에 허공에서 자항을 보호하듯이 몸을 비틀었다. 가루라염이 검지 끝에서 피어 올라와 허공으로 잔뜩 퍼졌다.

촤악!

백광을 자랑하는 반구 형태의 보호막이 형성되면서 재차 날아온 공격을 모두 파훼시켰다.

탁!

그사이 무성은 무사히 착지했다.

"호오. 나의 그릇을 부쉈다더니. 과연 그럴 만한 실력은 되는 것 같군."

맞은편에 홍모귀 하나가 가볍게 착지했다. 품에 금태연을 꼭 끌어안은 채로. 그의 몸 주변으로는 칠흑빛의 마기가 아지랑이처럼 하늘거렸다.

무성에게는 아주 익숙한 기운이었다.

다시는 볼 일이 없을 것이라 여겼던 힘.

"천마?"

"날 알아봤다면 이제 뭘 해야 하는지도 잘 알겠지?"

천마는 여유로운 미소를 띠며 무성에게로 쇄도했다.

〈다음 권에 계속〉

사도연 신무협 장편소설

ORIENTAL FANTASY STORY & ADVENTURE

용을 삼킨 검

네이버 N스토어 에서 미리 만나보세요

dream
books
드림북스

독공의 대가

권이백 신무협 장편소설

ORIENTAL FANTASY STORY & ADVENTURE

짜임새 있는 전개,
유쾌한 이야기로 독자들을 사로잡다!

사냥꾼이자 독인, 두 가지 정체성을 지닌 소년 왕정.
전대미문인 그의 독공지로(毒功之路)에 주목하라!

dream books
드림북스

ORIENTAL FANTASY STORY & ADVENTURE
요도 김남재 신무협 장편소설

요괴전설

魔說妖傳

NAVER 웹소설 인기 무협
요도 김남재가 전하는 또 하나의 전설!

유아독존 대요괴 백호와 천하절색의 미녀 월하린
그들이 펼치는 유쾌하고 기상천외한 강호종횡기!

dream
books
드림북스

장담 신무협 장편소설

강호제일해결사

江湖第一解決士

ORIENTAL FANTASY STORY & ADVENTURE

탄탄한 구성과 짜임새 있는 연출로 이루어 낸 장담표 무협.
상대를 죽이지 못해 암살은 꿈도 못 꾸는 반쪽 살수, 사운평.
강호제일의 해결사가 되기 위한 좌충우돌 강호종횡기 !

★
dream
books
드림북스